北欧
文学译丛

幸运派尔的旅行

的旅行

Lycko - Pers resa

August Strindberg

[瑞典] 奥古斯特·斯特林堡　著

张可　译

中国国际广播出版社

瑞典作家奥古斯特·斯特林堡（August Strindberg，1849—1912）
照片摄于 1881 年到 1882 年间

《幸运派尔的旅行》首演于斯德哥尔摩的新剧院（Nya teatern）。该剧院是瑞典 19 世纪末 20 世纪初规模最大的剧院，可容纳观众千余人。图为 1875 年新剧院首次启用时刊登于报刊的手绘新闻图片。

1883年圣诞季,《幸运派尔的旅行》在新剧院首演。

图为该版演出第三幕舞台设计图,由设计师格拉博绘制,是目前唯一一幅被认定为该剧首演版舞台设计图的传世资料。

导演:路德维格·约瑟夫松(Ludvig Josephson)

舞台设计:卡尔·格拉博(Carl Grabow)

图片来源:瑞典舞台艺术博物馆(Swedish Museum of Performing Arts)

图片藏于:瑞典音乐与戏剧图书馆(The Music and Theatre Library of Sweden)

1907 年，《幸运派尔的旅行》在斯德哥尔摩的东马尔姆剧院（Öster-malmsteatern）上演。这一版演出启用的舞台设计师仍是首演版设计师格拉博。根据现有资料判断，他很可能在该版演出中照搬了首演版设计。以下 5 张设计图由格拉博本人绘制。

导演：约斯图斯·豪格曼（Justus Hagman）

舞台设计：卡尔·格拉博

图片来源：瑞典舞台艺术博物馆

图片藏于：瑞典音乐与戏剧图书馆

以下 3 张图片来自《幸运派尔的旅行》1907 年版演出，是该剧现存最早的剧照。
摄影：斯文·乌勒夫（Sven Wulf）
图片来源：瑞典舞台艺术博物馆
图片藏于：瑞典音乐与戏剧图书馆

以下 5 张图片是 1907 年版演出的角色定妆照。在这一版演出里，派尔一角先后由伊瓦尔·蔻格（Ivar Kåge）、埃里克·贝隆（Erik Berglund）和尼尔斯·隆贝里（Nils Lundberg）三位演员扮演。丽萨一角由斯特林堡的大女儿葛丽泰·斯特林堡（Greta Strindberg）扮演。

摄影：斯文·乌勒夫

图片来源：瑞典舞台艺术博物馆

图片藏于：瑞典音乐与戏剧图书馆

1915 年，《幸运派尔的旅行》被搬上瑞典剧院（Svenska teatern）的舞台，这家剧院的前身就是新剧院。这一版演出的舞台设计师仍然是格拉博，扮演派尔的演员是当时的大明星约斯塔·埃克曼（Gösta Ekman），丽萨由图拉·忒耶（Tora Teje）扮演。以下 2 张图片为角色定妆照。

导演：古纳尔·克林特贝里（Gunnar Klintberg）

舞台设计：卡尔·格拉博

摄影：雅戈尔摄影馆（Atelier Jaeger）

图片来源：瑞典舞台艺术博物馆

图片藏于：瑞典音乐与戏剧图书馆

13

Gösta Ekman
i "Lycko-Pers Resa."

1926 年,《幸运派尔的旅行》在斯德哥尔摩的奥斯卡剧院（Oscarsteatern）
上演，以下 6 张图片为该版演出剧照。剧中的派尔和丽萨分别由于
诺·翰宁（Uno Henning）和英格·提布劳德（Inga Tidblad）扮演。
导演：吕内·卡尔斯滕（Rune Carlsten）
舞台设计：桑德罗·马姆奎斯特（Sandro Malmquist）
图片来源：瑞典舞台艺术博物馆
图片藏于：瑞典音乐与戏剧图书馆

1934年，《幸运派尔的旅行》在哥德堡城市剧院（Göteborgs stadsteater）上演。剧中的派尔由卡尔-麦格努斯·图斯特吕普（Karl-Magnus Thulstrup)扮演。

导演兼舞台设计：桑德罗·马姆奎斯特

图片来源：瑞典舞台艺术博物馆

图片藏于：瑞典音乐与戏剧图书馆

1938 年，不满 20 岁的英格玛·伯格曼（Ingmar Bergman，1918—2007）接受"奥洛夫大师园地"青年活动中心创始人斯文·汉松（Sven Hansson）的邀请，加入该中心戏剧组做了 3 年舞台剧导演。其间，他将 16 出戏剧搬上舞台，在最简陋的剧场条件里磨炼了导演技巧。1939 年，伯格曼第一次排演斯特林堡的作品就选择了《幸运派尔的旅行》。除了兼任导演和舞台设计，他还扮演了第二幕里的"朋友乙"。当时，旅居瑞典的德国戏剧家布莱希特（Bertolt Brecht，1898—1956）在受邀观剧后这样评价："演出的严肃性、显而易见的现实主义特点和该剧的演员，特别是扮演小角色的演员们所显示出的表演才能，都给人留下了深刻的印象。"
以下 3 张图片为该剧的演出说明书、剧照及全体演职员合影。
导演兼舞台设计：英格玛·伯格曼
布景设计与制作：鲁本·瑟连（Ruben Zehlén）
摄影：斯文·汉松
图片来源及版权："奥洛夫大师园地"青年活动中心（©Mäster Olofsgården）

Lycko-Pers Resa.

Sagospel av
August Strindberg.

Regi: *Ingmar Bergman.*　　Musik: *Rune Ede.*

Dekorationer efter skisser av *I. Bergman*
utförda av *Ruben Zehlén.*

AKT I.
I kyrktornet.

Den Gamle	*Stig Falkner*
Per	*Cai Winter*
Tomten	*Curt Östergren*
Feen	*Barbro Hjort af Ornäs*
Nisse	*Doris Söderström*
Nilla	*Irma Kjellgren*

AKT II.
I skogen.

Per	
Lisa	*Inga Hall*

Den rike mannens hus.

Per, Lisa

Hovmästaren	*Sture Djerf*
Skattskrivaren	*Ruben Zehlén*
Biträdet	*Lennart Svensson*
Vännen I	*Curt Östergren*
Vännen II	*Ingmar Bergman*
Vänninan	*Inga Nicklasson*

AKT III.
Staden.

Per

Statyen	*Lennart Lindberg*
Skampålen	*Mats Eljas*
Skomakaren	*Arne Palmquist*
Vagnmakaren	*Jon Frisk*
Liktornsoperatören	*Anne-Marie Sandberg*
Släktingen	*Stig Falkner*
Borgmästaren	*Elis Hahne*
En av folket	*Inga Nicklasson*

Gumman (= Lisa), en lirspelare, trumpetare, folk.

– PAUS –

AKT IV.
Orientaliskt palats.

Per

Vesiren	*Lennart Lindberg*
Hovmarskalken	*Ruben Zehlén*
Rikshistoriegrafen	*Jon Frisk*
Bruden	*Gun Öijerholm*

Tärnor.

På havsstranden.

Per

Döden	*Arne Palmquist.*
Den vise	*Elis Hahne*

AKT V.
Landskyrkan.

Per, Lisa, Tomten, Feen, Den Gamle.

Enda uppehåll efter AKT III.

以下 7 张图片摘自英格玛·伯格曼导演工作笔记，包括他绘制的《幸运派尔的旅行》舞台设计草图和演出场地平面图等。

图片来源与版权：英格玛·伯格曼基金会（©The Ingmar Bergman Foundation）

图片藏于：瑞典国家图书馆（National Library of Sweden）

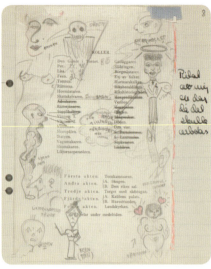

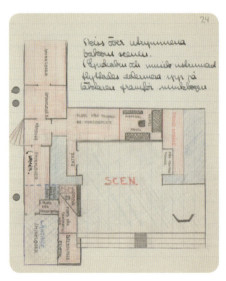

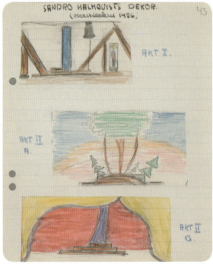

AKT Ⅲ.

AKT Ⅳ A.

AKT Ⅳ B.

AKT Ⅴ

Den första dekorationskiss som gjordes till
"Lycko-Per" AKT Ⅱ A.

45

1982 年,《幸运派尔的旅行》在斯德哥尔摩高等戏剧学校上演,图片为该演出舞台设计师手绘概念图。在这台演出里扮演派尔的是著名演员托斯滕·弗林科（Thorsten Flinck）。

导演:凯瑟琳·帕尔门（Catherine Parment）

舞台设计及图片版权:邬拉·卡西尤斯（© Ulla Kassius）

1. FÖRSPEL

2. HOS GUBBEN OCH RÅTTORNA

3. MILDA MAKTER

4. PER FRESTAS

6. PER HÅLLER RÅDSLAG

7. DEN GAMLE SÄTTER P.

8. GYCKLARNAS AFTON

9. ADAM OCH EVA

10. MÄSTRARNAS HÖGBORG

11. VÄNNERNA

13. DEN SOM LÅTER SIG LURAS...

14. KAKA SÖKER MAKA

12. PER SOL OCH VÅRAS

Ulla Kassius 1982

25

2007 年 11 月,《幸运派尔的旅行》在北京的中央戏剧学院实验剧场上演,这台演出是该剧首次以汉语演出,也是该院表演系 04 级 3 班全体学生的毕业公演作品。在剧中扮演派尔的演员是刘岳和杨地。

导演:马福力(Mathias Lafolie)

舞台设计、图片摄影及版权:鲁宁

2003 年，"斯特林堡的亲密剧场"（Strindbergs Intima Teater）在斯特林堡 1907 年创建的"亲密剧场"原址上成立。该剧院以排演斯特林堡作品为主进行实验性剧场艺术探索。

以下 10 张剧照来自该剧院 2011 年制作的《幸运派尔的旅行》。剧中的派尔和丽萨分别由亨利克·达尔（Henrik Dahl）和妮娜·耶普松（Nina Jeppsson）扮演。这台演出以大胆的改编、别具一格的舞台设计和出色的表演赢得了评论界和观众的好评。

导演：理查德·图品（Richard Turpin）

舞台设计：索伦·布伦奈斯（Sören Brunes）

图片摄影及版权：本特·万赛琉斯（©Photo by Bengt Wanselius）

绚丽多姿的"北极光"

——为"北欧文学译丛"作的序言

石琴娥

2017 年的春天来得特别地早，刚进入 3 月没有几天，楼下院子里的白玉兰已经怒放，樱花树也已经含苞待放了。就在这样春光明媚、怡人的日子里，我收到中国国际广播出版社文史编辑部主任张娟平女士打来的电话，想让我来主编一套当代北欧五国的文学丛书，拟以长篇小说为主，兼选一些少量有代表性的短篇小说、诗歌等，篇目为 50—80 部。不久之后，中国国际广播出版社的王钦仁总编辑和张娟平主任又郑重其事地来到寒舍，对我说，他们想做一套有规模、有品位的北欧文学丛书，希望能得到我的支持，帮助他们挑选书目、遴选译者，并担任该丛书的主编。

大家知道，随着电子阅读器和智能手机的普及，越来越多的人通过电子设备来阅读书籍。在目前的网络和数码时代，出现了网络文学、有声书和电子书，甚至还出现了人工智能创作的作品，纸质书籍受到极大冲击，出版纸质书籍遇到了很大困难。有的出版社也让我推荐过北欧作品，但大都是一本或两本而已，还有的出版社希望我推荐已经过版权期的作品，以此来节省一些成本。而中国国际广播出版社却希望出版以当代为主的作品，规模又如此之大，而且总编辑又亲临寒舍来说明他们的出版计划和缘由，我被他们的执着精神和认真态度所感动，更被他们追求精神品位的人文热情所感动。我佩服出版社的魄力和勇气。面对他们的热情和宝贵的执着精神，我怎能拒绝，当然应该义不容辞地和他们一起合作，高质量、高品位地出好这套丛书。

大家也许都注意到，在近二三十年世界各国现代化状况的各类排行榜上，无论是幸福指数，还是GDP或者是人均总收入，还是环境保护或者宜居程度，从受教育程度和质量、医疗保障到养老、失业等社会保障，还有从男女平等到无种族歧视，等等，北欧五国莫不居于世界最前列，或者轮流坐庄拿冠夺魁，或是统统包圆儿前三名，可以无须夸张地说，北欧五国在许多方面实际上超过了当今世界霸主美国，而居于当今世界发达国家最前列，成为世界现代化发展中的又一类模式。

大家一般喜欢把世界文学比作一座大花园，各个时期涌现出来的不同流派中的众多作家和作品犹如奇花异葩、争妍斗艳。北欧文学是这座大花园里的一部分，国际文学中，特别是西欧文学中的流派稍迟一些都会在北欧出现。北欧的大自然，由于地理位置、自然环境和气候条件，没有小桥流水般的婀娜多姿，而另有一种胜景情致，那就是挺拔参天、枝叶茂盛的大树，树木草地之间还有斑斓似锦的各色野花和大片鲜灵欲滴的浆果莓类。放眼望去，自有一股气魄粗犷、豪放、狂野、雄壮的美。北欧的文学大花园正如自然界的大花园一样，具有一股阳刚的气概、粗豪的风度。它的美在于刚直挺立、气势崴嵬。它并不以琴瑟和鸣般珠圆玉润和撩拨心弦的柔美乐声取胜，却是以黄钟大吕般雄浑洪亮而高亢激昂的震颤强音见长。前者婉转优雅、流畅明快，后者豪迈恢宏、气壮山河。如果说欧洲其余部分的文学是前者的话，那么北欧文学就是后者。正如鲁迅所说，北欧文学"刚健质朴"，它为欧洲文学大花园平添了苍劲挺拔的气魄。以笔者愚见，这就是北欧五国文学的出众特色，也是它们的长处所在。

文学反映社会现实。它对社会的发展其功虽不是急火猛药，其利却深广莫测。它对社会起着虽非立竿见影却又无处不在的潜移默化作用。那么，北欧各国的当代文学作品是如何反映北欧当代社会的呢？它对北欧各国的现代化发展是不是起了推动促进作用了呢？也许我们能从这套丛书中看到一些端倪。

北欧五国除了丹麦以外，都有国土位于北极圈或接近北极圈。北极光是那里特有的景象。尤其到了冬天夜晚，常常能见到北极光在空中闪烁。最常见的是白色。当然有时也能见到五彩缤纷、绚丽多姿的北极光。北欧五国的文学流派众多，题材多样，写作手法奇异多姿，犹如缤纷绚丽的北极光在世界文坛上发光闪烁。

北欧包括 5 个国家：丹麦、芬兰、冰岛、挪威和瑞典。讲起当代的北欧文学，北欧文学史上一般是从丹麦文学评论家和文学史家勃朗兑斯（Georg Brandes，1842—1927）于 1871 年末在丹麦哥本哈根大学所作的《十九世纪文学主流》算起，被称为"现代突破"。从 19 世纪的 1871 年末到目前 21 世纪一二十年代的 150 年的时间里，一大批有才华的作家活跃在北欧文坛上。在群英荟萃之中，出现了几位旷世文豪，如丹麦 1944 年诺贝尔文学奖获得者约翰纳斯·维尔海姆·延森、芬兰的批判现实主义作家尤哈尼·阿霍、冰岛 1955 年诺贝尔文学奖获得者哈多尔·拉克斯内斯、获得 1920 年诺贝尔文学奖的挪威作家克努特·汉姆生以及瑞典文学巨匠——小说家、戏剧家奥古斯特·斯特林堡和荣获诺贝尔文学奖的第一位女作家瑞典的塞尔玛·拉格洛夫等。本系列以长篇小说为主，也有少量短篇和戏剧作品。就戏剧而言，在北欧剧作家中，挪威的亨利克·易卜生开创了融悲、喜剧于一体的"正剧"，被誉为"现代戏剧之父"，是莎士比亚去世三百年后最伟大的戏剧家。瑞典的奥古斯特·斯特林堡所开创的现代主义戏剧对世界戏剧产生重大影响。戏剧是文学的一部分，所以我们在选编时也选了少量的戏剧作品。被选入本系列中的作家，有的是当代北欧文学的开创者，有的是北欧当代文学中各种流派的代表和领军人物，都是北欧当代文学中的重要作家，他们的作品经历了时间考验。

在北欧文坛中，拥有众多有成就有影响的工人作家是其一大特色。有的还获得了诺贝尔文学奖，成为世界级的大文豪。这些工人作家大多自身是农村雇工或工人，有过失业、饥饿或其他痛苦的经历，经过自学成为作家。他们用笔描写自己切身的悲惨遭遇，对地主、资产阶级剥削和压榨写得既具体细腻，又深刻生动。正是他们构成了北欧20世纪以来现实主义文学的主流。在这些工人作家中最突出的有丹麦的马丁·安德逊·尼克索和瑞典的伊瓦尔·洛-约翰松等。对这些在北欧文坛上占有重要地位的工人作家的作品，我们当然是不能忽略的，把他们的代表作选进了这套丛书之中。

除了以上这些久享盛誉的作家外，我们也选了新近崛起的、出生于1970和1980年代的作家，如出生于1980年的瑞典作家乔安娜·瑟戴尔和出生于1981年的挪威作家拉斯·彼得·斯维恩等。他们的作品在北欧受到很大欢迎，有的被拍成电影，有的被搬上舞台。这些作品，虽然没有经历过时间的考验，但却真实地反映了目前北欧的现状，值得收进本丛书之中。

从流派来看，我们既选了现实主义作品，也不忽略浪漫主义、超现实主义和意识流的作品，力求使读者对北欧当代文学有个较为全面的印象。从作家本人的情况看，我们既选了大家公认的声誉卓越的作家的作品，也选了个别有争议作家的作品，如挪威作家克努特·汉姆生，他是现代挪威、北欧和世界文坛上最受争议的文学家。他从流浪打工开始，1920 年成为诺贝尔文学奖得主，晚年沦为纳粹主义的应声虫和德国法西斯占领当局的支持者，从受人欢呼的云端跌入遭国人唾骂的泥潭，而他毕竟是现代主义文学和心理派小说的开创者和宗师，在 20 世纪现代文学中扮演了承上启下的转型角色。我们把他的"心理文学"代表作《神秘》收进本丛书。这部作品突破传统小说的诸多常规要素，着力于通过无目的、无意识的内心独白，以及运用思想流、意识流的手法来揭示个性心理活动，并探索一些更深层次的人生哲理。1978 年诺贝尔文学奖得主、美国作家艾萨克·辛格说："在我们这个世纪里，整个现代文学都能够追溯到汉姆生，因为从任何意义上他都是现代文学之父……20 世纪所有现代小说均源出汉姆生。"我们把这个有争议作家的作品选入我们的丛书，　方面是对北欧和世界文学在我国的译介起到补苴罅漏的作用，另一方面也可进一步了解现代文学的来龙去脉，以资参考借鉴。

总之，我们选材的宗旨是：把北欧各国文学史中在各个时期占有重要地位作家的代表作收进本丛书。虽然本丛书将有 50—80 部之多，但是同 150 年的时间长河和各时期各流派的代表作家和作品之多比起来，这些作品还是不能把所有重要作家的作品全部收入进来。譬如瑞典作家扬·米尔达尔（Jan Myrdal，1927—　）是 20 世纪 60 年代中期出现的一种新兴文学——报道文学的代表人物之一，他的《来自中国农村的报告》（1963）成为当时许多国家研究中国问题的必读参考材料，被译成十几种文字多次出版。尽管他的这本书因材料详尽、内容真实、记载细腻而风靡一时，但在这套丛书中，不得不割爱，而是选了其他在国际上更为著名的瑞典作家作品。

本丛书中的所有作品，除了极个别以外，基本都是直接从原文翻译，我们的目的是想让读者能够阅读到原汁原味的当代北欧文学。同英语、俄语、法语等大语种翻译比起来，我们直接从北欧语言翻译到中文的历史不长，译者亦不多，水平不高，经验也不足，译文中一定存在不少毛病和欠缺之处，望读者多多包涵，也请读者给我们提出宝贵的建议和意见，便于我们改进。

本丛书能够付梓问世，首先要感谢中国国际广播出版社社长张宇清先生和总编辑王钦仁先生，没有他们坚挺经典文化的执着精神和开拓进取的勇气，这部丛书是不可能跟读者见面的。我还要感谢本书所有的编委，是他们在成书过程中做了大量工作，从选材、物色译者到联系有关国家文化官员和机构，都付出了辛勤的劳动。不仅如此，他们还亲自翻译作品。没有他们的默默奉献和通力合作，这部丛书是难以完成的。在编选过程中，承蒙北欧五国对外文化委员会给予大力帮助和提供宝贵的意见，北欧五国驻华使馆的文化官员们也给予了热情关怀，谨向他们致以衷心的感谢。对编选工作中存在的疏漏和不足，还望读者们不吝指正。

2018 年 6 月
于北京潘家园寓所

石琴娥，1936 年生于上海。中国社会科学院外国文学研究所北欧文学专家。曾任中国－北欧文学会副会长。长期在我国驻瑞典和冰岛使馆工作。曾是瑞典斯德哥尔摩大学、丹麦哥本哈根大学和挪威奥斯陆大学访问学者和教授。主编《北欧当代短篇小说》、冰岛《萨迦选集》等，为《中国大百科全书》及多种词典撰写北欧文学、历史、戏剧等词条。著有《北欧文学史》、《欧洲文学史》（北欧五国部分）、"九五"重大项目《20 世纪外国文学史》（北欧五国部分）等。主要译著有《埃达》《萨迦》《尼尔斯骑鹅旅行记》《安徒生童话与故事全集》等。曾获瑞典作家基金奖、2001 年和 2003 年国家图书奖提名奖、第五届（2001）和第六届（2003）全国优秀外国文学图书奖一等奖、安徒生国际大奖（2006）。荣获中国翻译家协会资深荣誉证书（2007）、丹麦国旗骑士勋章（2010）、瑞典皇家北极星勋章（2017）等。

译 序

作家

瑞典作家奥古斯特·斯特林堡（August Strindberg，1849—1912）是瑞典现代文学史上最重要的作家之一，也是 19 世纪末 20 世纪初西方戏剧史上最著名的剧作家之一，被视为影响了西方现代派戏剧发展的重要作家。

斯特林堡出生于斯德哥尔摩一个殷实的中产阶级家庭，父亲和伯父都从事于当时的新兴行业——蒸汽商船货运业，是知名的船舶商贸代理。斯特林堡的母亲比他的父亲年轻 12 岁，曾是父亲家的一名用人。斯特林堡一家子女众多，他 13 岁时母亲去世，父亲很快再婚并又得一子。由于跟继母关系紧张，斯特林堡与父亲的关系变得越来越差，到他成年后甚至断绝了往来。在自传体小说《女仆的儿子》（*Tjänstekvinnans son*，1886）等作品中，作家将童年时的自己描写得敏感又脆弱，将童年生活描绘得阴郁且压抑。

1867 年秋，斯特林堡获得高中文凭后，首先在乌普萨拉大学进行了一学期漫无目标的学习，此后在大约两年时间里，他又做了一些方向迥异的尝试——当小学代课教师、做家庭教师、读医科预备课程、当剧院的临时群演并开始戏剧创作。1870 年，他重返乌普萨拉大学，完成了大学必修的拉丁语课程，参加了几门语言和美学等零散的课程及考试，两年后因经济拮据辍学。回到斯德哥尔摩以后，斯特林堡先在几家报社做记者和艺术评论员，1874 年被皇家图书馆录用为文书职员，其间进行了大量的阅读和文化史研读，甚至按照自己的理解与想象"自修"过几十个汉字。1882年，斯特林堡从皇家图书馆辞职，结束了一生中最后一段受雇于人的日子，走上了职业作家之路。在辞职前这段收入稳定的日子里，斯特林堡走进了人生的第一段婚姻，集中进行了文化史方面的写作，完成了小说处女作《红房间》（*Röda rummet*，1879）以及后来被学者们称为"斯特林堡80年代早期剧作"的将近10部戏剧，其中包括五幕历史剧《奥洛夫老师》（*Mäster Olof*，1872—1877）和《幸运派尔的旅行》（*Lycko-Pers resa*，1882）。1883年，斯特林堡携全家离开瑞典，第一次"流亡"欧洲大陆。

斯特林堡一生经历过两次"流亡"生活，第一次是1883年到1889年，主要停留在法国、瑞士和德国；第二次是1892年到1899年，主要停留在德国和法国，其间经历过一次短暂的精神危机，被他本人称为"地狱危机"（Infernokrisen）。这两次"流亡"和"地狱危机"常被学者用来当作斯特林堡作品分期的重要时间点。需要指出的是，这两次所谓的"流亡"都是作家自主选择的结果，除了因为厌恶当时瑞典国内文学界的氛围，他也渴望去欧洲大陆接触新鲜活跃的文学艺术思想。实际上，在19世纪下半叶，许多北欧作家和艺术家都有过长期旅居欧洲大陆的经历，最知名的有丹麦文学评论家格奥尔格·勃兰兑斯（Georg Brandes，1842—1927）、挪威作家易卜生（Henrik Ibsen，1828—1906）和画家爱德华·蒙克（Edvard Munch，1863—1944）等。在斯特林堡的第二次"流亡"期，他经历了短暂的第二次婚姻，在文学及戏剧创作方面出现过一个相对空白的阶段，其间他将注意力转向了绘画、摄影和做科学实验。这段经历造就了后来被学者称为画家和摄影艺术家的斯特林堡，也给大众留下了斯特林堡沉迷于"炼金"的疯狂印象。

虽然斯特林堡在第一次"流亡"期之前的作品通常被认为是其早期作品，但那个阶段他已经是瑞典国内不可小觑的新兴作家，是将写作着眼于当下生活的"现实主义"写作代表人物，与权威的瑞典学院（Svenska Akademien）在当时所代表的保守、唯心、重修辞的浪漫主义后期文艺美学观背道而驰。在斯特林堡的早期创作中，他曾经在乌普萨拉大学校外接触到的新思想以及丹麦文学评论家格奥尔格·勃兰兑斯倡导的创作观都对他产生了深刻的影响。

19世纪中叶到20世纪中叶是欧洲文学艺术思潮巨变的百年，不仅经历了从浪漫主义末期到现实主义、自然主义的转变期，也见证了以象征主义和表现主义为起点、文学艺术流派层出不穷的现代主义（亦称现代派）时期以及现代主义后期。斯特林堡出生并成长于一个新旧交替的时代，虽然相较于欧洲大陆的发展步伐，瑞典显得相对迟缓，但她当时也在经历人口城市化、以铁路为主的交通运输基础建设迅速发展以及工业化等一系列经济与社会结构的巨大变化。1842年，瑞典通过立法确立了国民义务基础教育制度，女性在1873年获得了接受大学教育的权利，更多青年人希望进入大学学习。此外，出版业的日益壮大和报纸零售业的出现也在影响着教育、文化、文学在社会生活中的地位，获得瑞典学院的认可已经不是作家提升社会地位的唯一途径，通过发表作品和在报纸上发表文章的方式，作家直接被读者认可的机会更大了。与此同时，人类在自然科学领域的研究发展迫使整个欧洲的哲学家与艺术家反复审视旧有的世界观，达尔文（Charles Darwin，1809—1882）

提出的进化论质疑了上帝的存在，否定了世界由上帝创造之说，也鼓励了人们对宗教的怀疑。哲学领域里"唯心论"与"唯物论"这两大基本派别的激烈交锋，很快就波及文学艺术界在美学领域的争论。在斯特林堡青年时代的瑞典，拥护"唯物论"的"现实主义"文学艺术实践者被视为激进派，他们关注社会的新兴阶层和底层人民，倡导用文学艺术还原现实的本来面貌，反对使用浪漫主义的表现手法。丹麦人格奥尔格·勃兰兑斯就是此类新文学实践在北欧最重要的倡导者。在当时的北欧，知识分子和作家可以在丹麦语、瑞典语和挪威语之间进行几乎无障碍的交流，丹麦和挪威的作家由于社会历史原因还共同使用丹麦和挪威通行的书面语进行写作，这也为勃兰兑斯传播思想提供了绝佳的条件。他不仅从 1871 年开始通过名为"十九世纪文学主流"（Hovedstrømninger i det 19de Aarhundredes Litteratur，1872 年到 1890 年陆续出版 6 卷本同名文集）的系列巡回演讲介绍欧洲大陆作家，还发起了覆盖整个北欧的"现代突破"文学运动（Det moderna genombrottet，1870—1900），提出文学要反映社会现实、"文学应该将问题置于辩论之中"的倡导，从此开启了北欧的现代文学时代。易卜生的"问题剧"（Problemdrama，亦称"社会问题剧"）《玩偶之家》（Et dukkehjem，1879）和斯特林堡的《红房间》都是北欧"现代突破"文学运动早期的代表作品。

在斯特林堡离开瑞典的十几年里，他比同时代其他瑞典作家更近距离地接触到了欧洲大陆新鲜的哲学与文艺思潮，并且有意识地、积极地将自己的写作实践其中。虽然他仍以瑞典语写作为主，并且他的主要出版商和读者市场也依然在瑞典国内，但从第一次"流亡"开始，斯特林堡的戏剧作品就逐渐将他带入了欧洲大陆知识分子及文化艺术界的视野。从1887年到1889年，斯特林堡集中创作的几部戏剧都是响应法国作家左拉（Émile Zola，1840—1902）提出的自然主义文学创作原则的尝试，其中，专为当时实验类剧场舞台创作的《父亲》（Fadren，1887）和《朱莉小姐》（Fröken Julie，1888）都为他带来了巨大的声誉。在第二次"流亡"的"地狱危机"后，斯特林堡在戏剧创作中表现出了更为大胆的实验风格，作品逐渐从现实主义和自然主义创作转向象征主义与表现主义，将写实与抽象结合，大量使用象征手法，从而形成一种具有"梦"感的表达，将传统戏剧对情节与人物关系发展的关注转向聚焦主人公的内在世界，探索其内在的图景与真相。到了世纪之交，《去大马士革之路》（三部曲）（Till Damaskus，1898—1904）、《死魂舞》（上下篇）（Dödsdansen，1900）和《一出梦的戏剧》（Ett drömspel，1902）等作品已经使斯特林堡成为享誉欧洲的戏剧家。

在进行戏剧创作的同时，斯特林堡还进行了大量其他类型的写作。由于不断有作品在瑞典国内出版，使他在瑞典读者的心目中建立了一种既活跃又遥远的印象。以波罗的海近斯德哥尔摩水域的群岛生活为背景的小说《海姆素岛居民》（Hemsöborna，1887）、短篇小说集《群岛男人的生活》（Skärkarlsliv，1888）和小说《在海岛之带》（I havsbandet，1890，又译作《在遥远的礁岛链上》），以及展现妇女权利问题及当下道德伦理讨论的短篇小说集《结婚集》（上下篇）（1884—1886）和《女仆的儿子》等名著都完成于作家的第一次"流亡"期。在第二次"流亡"期，恢复写作后的斯特林堡又开始为瑞典国内的观众创作历史剧，其中包括 1899 年创作的《古斯塔夫·瓦萨》（*Gustav Vasa*）和《埃里克十四世》（*Erik XIV*）。

搬回瑞典后不久，斯特林堡又走进了一段短暂的婚姻，离婚后一直独居，直到他 63 岁因癌症去世。在他的晚期作品中，斯特林堡在戏剧创作方面继续保持了一种多样性，不仅完成了多部历史剧、故事剧，还创作出一些在当时极具实验性和探索性的作品，包括著名的表现主义戏剧《一出梦的戏剧》。斯特林堡的戏剧创作向来重视剧场性，他本人也对剧场实践抱有很高的热情，曾多次提到想建立自己的剧场。1907 年，斯特林堡终于和演员奥古斯特·法尔克（August Falck，1882—1938）一起在斯德哥尔摩创建了小型实验剧场——"亲密剧场"（Intima teatern），旨在通过一个小型的观演空间建立一种与观众更近距离的、"亲密"的观演关系。"亲密剧场"在其运营的三年时间里将 24 部斯特林堡作品搬上舞台，其中包括作家专为该剧场创作的多部"室内剧"（Kammarspel）。在这段时间，斯特林堡的戏剧创作再次进入一个高峰期，仅在 1907 年就完成了名作《被烧毁的庭院》（*Brända tomten*）、《鬼魂奏鸣曲》（*Spöksonaten*）和《塘鹅》（*Pelikanen*）等五部作品。与此同时，他在"流亡"期创作的实验性作品在新世纪也逐渐在瑞典国内得到了认可，曾经被禁演的《朱莉小姐》终于在 1906 年首次被搬上了瑞典的舞台。

需要指出的是，虽然为斯特林堡赢得国际声誉的是其戏剧作品，但那些作品在作家的有生之年从来都不是广受大众青睐的票房保证，真正欣赏斯特林堡作品的是知识分子和思想活跃的前沿艺术家。实际上，在 20 世纪的前 20 年里，斯特林堡的戏剧作品深刻地影响了年轻一代的欧洲戏剧家，对 20 世纪 20 年代"表现主义戏剧"的发展做出了不可磨灭的贡献，也使他这样一位以小语种写作的作家成为西方戏剧史上公认的"表现主义戏剧"奠基人，而他对欧美现代派戏剧发展的影响更是一直持续到 20 世纪中叶的"荒诞派戏剧"。

对于瑞典现代文学来说，斯特林堡无疑是最重要的作家，他的多部小说都被视为瑞典现代文学史上的经典作品。文学史学家贝尔提·努林（Bertil Nolin，1926—1996）在 6 卷本《瑞典文学》一书中指出："斯特林堡的艺术成就在方方面面超过了 19 世纪 80 年代的其他作家，在斯威登堡（Emanuel Swedenborg，1688—1772）之后，他是唯一一位对世界文学产生过影响的瑞典作家。"关于斯特林堡在瑞典语言文学方面的成就，努林这样评价："斯特林堡在语言创新方面的意义是无法估量的。他最突出的贡献就是在散文（非韵文 / 白话文）写作中的语言表达，即便在最平淡无奇的细节上也能感受到他别具一格的语言风格与个性。斯特林堡的写作速度通常很快也不受拘束，他对叙事的技巧和理论几乎毫无兴趣，但在语言运用方面却是一位有意识、有才能的作家。"

斯特林堡的一生充满了传奇色彩，他的三次婚姻、六名子女、"自诊"的精神危机和所谓的神秘主义倾向都是那个时代街头小报热衷报道的内容。他不受束缚的个性和直言快语的风格，也将他置于包括"女性仇视者"在内的多种极具争议性的话题中心。他兴趣广泛，博览群书，关注社会问题，热衷于了解新兴的哲学和文艺思潮，并勇于将自己对这些思潮的理解和反思付诸写作实践。他一生漂泊动荡，停留过的住址多达 200 余处。他是职业作家，一生合作过遍布多国的共计 19 家出版社，完全靠写作养家糊口。在长达 40 余年的创作生涯中，他笔耕不辍，不仅为后世留下了 60 余部戏剧、10 部小说、10 部短篇小说集以及诗歌集和各种类型的文章、文集，还留下了 15000 余封被后世学者认为具有高度艺术价值的书信。由斯德哥尔摩大学组织学者校注整理的《斯特林堡文集》(国家修订版，*Nationalupplagan av August Strindbergs samlade verk*) 长达 72 卷，从 1981 年开始出版，历时 40 年，预计到 2020 年才能全部出版完成。仅从这样一个投入了大量人力、物力的"斯特林堡项目"(Strindberg projektet) 就不难看出斯特林堡对于瑞典文学的重要意义。

写作对斯特林堡来说是劳动，是创作，是探索，也是沟通的艺术。也许可以说，写作就是他的生活。

关于《幸运派尔的旅行》

1881 年 12 月 30 日，斯特林堡的五幕历史剧《奥洛夫老师》在斯德哥尔摩的新剧院 (Nya teatern) 首演。虽然这部作品后来被认定为"现代突破"文学运动在瑞典出现的首部重要作品，具有划时代的意义，但它被搬上舞台的道路却十分坎坷。瑞典皇家剧院曾以"稚嫩"为由数次将其拒之门外，斯特林堡为了使该剧获得上演的机会，先后以散文和韵文完成过至少三个版本，但最终被新剧院选中并搬上舞台的还是作家在 23 岁就完成的散文版首版。最令人意外的是，这部遭冷遇将近十年的作品上演后竟然赢得了评论界潮水般的好评，并从此奠定了斯特林堡在瑞典戏剧界的地位。

带着意外成功的喜悦，斯特林堡在那个圣诞节到新年的假期里完成了一个新的剧本，这个已经在案头筹备了一段时间的作品是一出故事剧（Sagospel），全剧共五幕，名为《幸运派尔的旅行》。关于这段经历，斯特林堡在自传体小说《女仆的儿子》里这样描述："成功令他变得虚弱，也令作家那少年时代的记忆涌现了出来。他清理了书桌上的书籍，用十四天时间写了一出故事剧，其理念是：生活有美好也有丑恶，人的愚蠢多于错误，而爱情才是至高无上的。"

创作《幸运派尔的旅行》这一年，斯特林堡 32 岁，与女演员西里·冯·埃森（Siri von Essen）结婚不到五年，刚刚成为两个小女孩的父亲。由于小说处女作《红房间》在两年前获得了成功，他已是跻身瑞典文坛的青年名流。有研究斯特林堡的学者指出，作家此时正处于一个幸福的人生阶段。

也许是受到了节日气氛的影响，《幸运派尔的旅行》第一幕就发生在一个圣诞之夜。在中世纪的一座小城里，教堂敲钟人为了不让 15 岁的儿子派尔遭遇生活的苦难，一直把他关在教堂的钟楼上。派尔渴望去外面的世界，却碍于父亲的严厉管教不敢离开教堂。在一个寒冷的圣诞夜，驻守在教堂里的土地精和仙子送给派尔一枚万能的许愿戒指，协助他离开了教堂。与此同时，仙子还派来了女孩丽萨默默地追随派尔，在他迷茫的时候为他指引方向。旅途中，派尔用许愿戒指获得了他想要的一切。但是，每当愿望被实现，一些派尔不愿意面对的事情也会随之而来。当他获得了物质满足成为富人的时候，却无法忍受接踵而至的礼仪、税制、法规、义务和虚情假意。在他以追求声誉为目的成为一名改革家后，却发现面对权力与金钱利益勾结的社会，一个没有内心理想的改革家只会半途而废。然而，派尔仍将这次失败归因于他没有权力。渴望权力的派尔被许愿戒指带到了一个阿拉伯宫廷，成了哈里发继承人。为了成为君王，派尔被迫不停地撒谎，最后竟然还要跟一个他不爱的阿拉伯公主结婚。执着于对丽萨的爱，派尔终于鼓起勇气粉碎了虚伪的宫廷。一场海难后，派尔见到了死神和智者，认识到人生的真谛是真挚的情感："一个人在不只爱自己的时候，才会真心爱上另一个人。"最后，在土地精和仙子的安排下，派尔来到了一座乡村小教堂。在这里，他不仅与丽萨重逢，也得以同父亲团聚。

斯特林堡喜欢舞台，自始至终是一位对舞台呈现和舞台效果很敏感的剧作家，向来为舞台演出创作剧本，不像同时代的一些作家，有时仅仅将剧本当作一种文学形式进行创作，这类剧本被斯特林堡轻蔑地称为供人坐在靠椅上阅读的剧本（"läsdrama"或"fåtojl pjäs"）。1882 年 1 月 17 日，斯特林堡第一时间将刚完成的《幸运派尔的旅行》手稿寄给了新剧院导演约瑟夫松（Ludvig Josephson），同时又主动在《新每日新闻报》（*Nya Dagligt Allehanda*）上发表了一篇关于该剧的消息："五幕故事剧《幸运派尔的旅行》，由奥古斯特·斯特林堡以韵文及散文为新剧院创作完成。虽然该剧题材（motiv）源自民间故事，但全剧为自由想象之创作，涉及大众生活的各种境遇，有关各阶层人群，并始终关注一个重大的人生谜题，其答案即本剧之主旨，亦令该剧整体高于内容松散随意的仙奇剧（Féeri）。"在这段文字里，斯特林堡提到了两个影响到该剧创作的关键词："仙奇剧"和"故事剧"。

19世纪后半叶，斯德哥尔摩的剧院通常会在圣诞季上演一种舞台布景豪华多变、以舞台机械营造奇观、以轻松内容娱乐观众的演出。这种演出的形式源自法国，通常以情节简单的佳构剧串联芭蕾舞、歌曲、杂技等多种表演样式，构成一台令人眼花缭乱的华丽演出，由于常带有超自然的奇幻情节和神仙、妖怪之类的角色而被称作"仙奇剧"。根据剧本的内容不难看出，《幸运派尔的旅行》带有明显的"仙奇剧"特色，是作者有意为之。剧中大量的舞台提示紧扣当时已有的舞台技术可能性，全面展现了斯特林堡对该剧舞台呈现的想象。实际上，在该剧的手稿和斯特林堡给导演的信件里，还包含了很多对舞台呈现细节以及音乐的建议，在被作者本人删掉的手稿内容里还能看到芭蕾舞段落。1883年12月22日该剧在新剧院首演时也正值圣诞季。

在瑞典语里，"故事剧"这个词是指以民间故事、民间传说为基础或题材而形成的戏剧作品，其发展深受19世纪浪漫主义文学的影响。有学者根据故事形态学的分类方法对《幸运派尔的旅行》进行了分析，指出其内容具备"神奇故事"（Undersaga）的要素，属于典型的神奇故事。那么，斯特林堡到底在哪些方面借助了民间传说的故事基础呢？虽然作者已经声明他的剧本"为自由想象之创作"，但学者们仍然将这个剧本和已知的民间故事以及先于此剧的其他北欧作家作品进行了比较。在民间传说和故事方面，斯特林堡在剧中"借用"的主要是土地精和仙子这两个源自北欧民俗信仰的超自然精灵形象，但是围绕派尔展开的具体情节并没有与已知民间故事高度重合的情况。也就是说，影响斯特林堡创作该剧的不是某个或某几个具体的故事和传说，而是包含了民间故事、传说和民俗信仰的整个北欧民间文学和民俗文化。

在戏剧和文学著作方面，有几部作品常被拿来与《幸运派尔的旅行》做比较。

在瑞典，先于《幸运派尔的旅行》的故事剧里最著名的一出是作家阿特布姆（Per Daniel Amadeus Atterbom，1790—1855）根据古老传说创作的《幸福岛》（*Lycksalighetens ö*，1824）。这出戏讲述一位国王被风吹到了幸福岛，在那里快乐地生活了三百年后，因为对家和亲人的思念回到故乡，却再也无法重返幸福岛。斯特林堡非常欣赏阿特布姆这部作品，不仅多次赞扬，还将这个剧本推荐给了导演约瑟夫松。然而，这两部作品在内容上并没有相似之处。唯一能证明斯特林堡受到了一定影响的细节是，在《幸运派尔的旅行》第五幕里，派尔的影子和派尔本人将伊甸园乐土比喻成了"一座苍翠的岛屿"。

在瑞典的邻国，挪威作家易卜生于1867年以韵文创作了著名的五幕剧《培尔·金特》（*Peer Gynt*），丹麦作家H.C.安徒生（H.C. Andersen，1805—1875）于1870年完成了他一生中的最后一部小说《幸运彼尔》（*Lykke-Peer*）。上述两部作品在与《幸运派尔的旅行》相关的语境里特别受关注的首要原因是，它们的主人公也叫"派尔"。虽然这个名字在几种北欧语言里的拼写略有不同，但实际上的确是同一个名字。并且，在安徒生和斯特林堡的作品里，也都加了前缀"幸运"，这显然不是巧合。实际上，在斯特林堡之后还有丹麦作家彭托皮丹（Henrik Pontoppidan，1857—1943）著名的系列小说《幸运儿彼尔》（*Lykke-Per*，1898—1904）。虽然没有确凿的出处作为依据，但"派尔"这个名字在斯堪的纳维亚地区似乎与"幸运""天宠""好运气""被天赐的机会选中"等概念有一定约定俗成的关联。对比内容来看,《幸运派尔的旅行》和安徒生的半自传体小说没有关系,虽然它与易卜生的《培尔·金特》同属"旅途剧"(Vandringsdrama)类型,但除了内容没有重合,后者显然也是一部更加严肃和深刻的作品。不过,关于"培尔·金特"(Peer Gynt 或 Per Gynt)这个人物的民间故事,先于易卜生的五幕剧还有挪威作家阿斯比约森(Peter Christen Asbjørnsen, 1812—1885)出版于 1845 年的《挪威精灵故事与民间传说》(*Norske huldreeventyr og folkesagn*)。①

最后一部需要在这里提及的作品,是丹麦浪漫主义文学代表人物欧伦施莱厄(Adam Oehlenschläger, 1779—1850)根据《一千零一夜》故事改编、以韵文完成的剧作《阿拉丁》(*Aladdin, eller den forunderlige lampe*, 1805)。虽然斯特林堡本人从未在谈及自己作品的时候提到过该剧,但是《幸运派尔的旅行》里出现的阿拉伯风情以及最为重要的元素——"许愿戒指",却被认为与《阿拉丁》剧本中的故事环境和魔法戒指有相似之处,是该剧受到了欧伦施莱厄作品影响的证据。

完成《幸运派尔的旅行》的写作过程令斯特林堡感到愉快。在给丹麦作家海伦娜·纽布罗姆(Helena Nyblom, 1843—1926)的信里,他写道:"我像个逃课的小学生,像一个从文明的惩罚狱所里溜出来的逃亡者。"在给格奥尔格·勃兰兑斯的弟弟、丹麦作家兼文学评论家艾德瓦德·勃兰兑斯(Edvard Brandes, 1847—1931)的信里,他这样描

---

① 本段出现的其他作品中关于 Peer 或 Per 的译法遵从该作品的通用译法,无论是培尔还是彼尔从北欧语言上说都是同一个名字。

述:"在《幸运派尔的旅行》里,我拍打着翅膀,挺胸飞翔!我很享受这次写作,不用去想舞台画面和呈现,我也知道这个剧本上了舞台就会获得生命!"如此美好的写作感受,让斯特林堡对这个剧本充满了希望,在给导演约瑟夫松的信里,他甚至夸下海口说:"这个剧本能演一百场!"

也许,在经历过反复修改《奥洛夫老师》的漫长磨炼后,一出不被史实束缚的"故事剧"无论在戏剧的创作原则,还是在台词的修辞运用等方面都给予了作家更大的自由。虽然,《幸运派尔的旅行》的剧情被设定在中世纪,但剧中的人物、场景以及用词等多方面的细节都比较自由,还有不少与历史不符的情况。但是,对于一出老鼠和扫帚都会说话的"故事剧"来说,上述问题都不成问题了。与此同时,斯特林堡还不忘在戏里抨击和嘲讽当时的瑞典社会和文化界。在第三幕里,剧情围绕改革家派尔与小城权贵就铺路一事产生的冲突展开。实际上,城市路面改进的议题对当时的斯德哥尔摩观众来说毫不陌生,是十几年前刚发生在他们身边的真实经历。在瑞典语里,镶嵌在一条鹅卵石路上以平整的石块铺成的人行道叫"市长石道",剧中的市长给全城铺了磨脚的鹅卵石道,却唯独在自己家到小酒馆的路上铺了平石板路,斯特林堡通过剧中这条市长专用的便道,以一个文字游戏戏谑"市长石道"一词,嘲讽了以权谋私的政客。同在第三幕里,斯特林堡借助向伟人献歌的"纪念舒尔茨协会"嘲笑了瑞典学院院士、史学家兼作家耶伊尔(Erik Gustaf Geijer, 1783—1847)将瑞典国王和皇室发展史凌驾于人民之上的瑞典国史观。另一位在这个段落里遭到嘲讽的瑞典学院院士是诗人兼文学评论家维尔森(Carl David af Wirsén, 1842—1912),剧中那首由鞋匠家的学徒完成的咏叹调就是对维尔森诗歌的滑稽模仿，个别句子近乎于直接引用。斯特林堡之所以这样做，是因为以维尔森为首的瑞典学院权威代表着更为保守的浪漫主义后期文学，而斯特林堡等青年作家却积极响应格奥尔格·勃兰兑斯提出的现实主义创作的号召，到19世纪80年代初，这两派之间的争论已经到了剑拔弩张的地步。《幸运派尔的旅行》首稿完稿三个星期后，斯特林堡曾在一封给艾德瓦德·勃兰兑斯的信中提到，他和他那些年轻的朋友们准备"开始一场斗争"，第一步就是"干掉"维尔森。

除了戏弄瑞典学院院士，斯特林堡还在剧本里加入了不少对瑞典王室的暗讽。例如在第四幕里，派尔为了成为哈里发继承人不仅需要假造身份，还要放弃自己的宗教信仰。这就是暗指瑞典贝尔纳多特王朝的第一位国王卡尔十四世·约翰，他原本是法国军人，在瑞典向拿破仑势力靠拢的过程中被选为瑞典王位继承人，1818年成为瑞典和挪威联盟的国王，继位时放弃了罗马天主教信仰改信基督教路德宗。

斯特林堡没有想到，尽管他在《幸运派尔的旅行》中进行了大量影射现实生活的描写，但是在艾德瓦德·勃兰兑斯看来，故事剧这个体裁本身就承袭浪漫主义文学传统，这样的写作本身就是文学的倒退。他不仅认为该剧过于"安徒生式"，还说他在剧中"根本看不到真正的优点"。事实上，艾德瓦德·勃兰兑斯不仅没有仔细完整地阅读此剧，也没有从"仙奇剧"或"故事剧"的角度对剧本进行评价。年轻的斯特林堡一直十分欣赏勃兰兑斯兄弟，很重视他们对自己作品的评价。在给艾德瓦德·勃兰兑斯的回信中，斯特林堡几乎完全接受了对方的观点，而对方的态度似乎也深刻地影响了作家本人对该剧的评价。

由于其连续出版的讽刺小说《新王国》(*Det nya riket*, 1882)和处女作诗集《韵文与散文诗集》(*Dikter på vers och prosa*, 1883)先后遭到瑞典文学评论界的批评, 新剧《本特先生的妻子》(*Herr Bengts hustru*, 1882)又遭遇票房和评论的双重失败, 新剧院决定将《幸运派尔的旅行》上演的计划拖延至 1883 年圣诞季。然而, 就在这一年的 9 月 13 日斯特林堡举家搬离瑞典, 他告诉导演约瑟夫松: "我已经完全丧失了对戏剧的兴趣。"

整个秋季, 新剧院一直在导演约瑟夫松的带领下制作《幸运派尔的旅行》。该剧上演后, 其丰富的布景变化、华丽的服装和歌舞表演受到了观众和评论界的一致好评, 演出也获得了票房的巨大成功。虽然斯特林堡的"宿敌"维尔森不忘匿名评论该剧为"舞台装饰景观演出", 但《费加罗报》(*Figaro*)却对他的论点进行了如下回应: "那些将该剧称作'舞台装饰景观演出'的人错了。这出戏的剧作本身应该受到赞美……斯特林堡先生这一次胜利了!"《新画报》(*Ny Illustrerad Tidning*)则指出, 斯特林堡在该剧第三幕里"为我国的文学增添了光彩"。

不过, 身在瑞士的斯特林堡在获得演出成功的好消息后却不为所动, 还写信给新剧院文学总监说: "我完全不在乎'幸运派尔'的成功!它只不过是给大众展示布景和魔术的演出!"在给友人的信里, 他也坚持这种论调: "'幸运派尔'的成功对我来说只是一种假象……观众不过是为了舞台上的装饰鼓掌。"在给导演约瑟夫松的信里, 他写道: "那就是个乱七八糟的东西, 能有这样的表现就不错了。"在给一位出版人朋友的信里, 他重复了上述说法: "那不过是一台消遣娱乐的演出！就是那么个东西！连它都能获得好评！我还能说什么？我要说的是，我才不在乎呢！"

对于《幸运派尔的旅行》这个作品，斯特林堡在公开的评价里再也没有改变过自己的立场。直到1909年，在他为"亲密剧场"成立发表的公开信里还不忘批评该剧，说这出戏当年的成功就是剧院偶尔会"因垃圾获得赞扬"的例子。虽然这个剧本没有达到勃兰兑斯兄弟眼中19世纪当代文学应有的高度与面貌，也没有满足斯特林堡本人对创作的要求，但它却像"逃课的小学生"一样，从作家心目中那道不可逾越的艺术高墙里溜了出来，还倔强地变成了他耀眼的"偏航"证据——在斯特林堡的有生之年里，《幸运派尔的旅行》是其全部60余种剧作中演出场次最多的作品，仅在斯德哥尔摩的剧院就上演过183场。

也许，《幸运派尔的旅行》的确给斯特林堡留下了遗憾，因为多年后他曾设想过拿这个剧本与另一出故事剧合并，再用韵文重写，却始终未能实现。不过，学者们还是在斯特林堡后来的作品中找到了"幸运派尔"的影子。斯德哥尔摩大学瑞典语言与文学系教师佩特里（Sten M. Petri）指出，《幸运派尔的旅行》作为斯特林堡戏剧作品的早期代表作，对研究斯特林堡剧作具有非常重要的意义。该剧作为斯特林堡五部故事剧中的开山之作，是作家在该类型戏剧创作中的初次探索；该剧也是斯特林堡五部"旅途剧"中的第一部，在这一类剧作里还包括作家的代表作《去大马士革之路》和《一出梦的戏剧》。事实上，作家本人也曾将《去大马士革之路》与《幸运派尔的旅行》做过比较。他曾经给自己的大孩子们写信说："《去大马士革之路》是我目前最好的作品……是一种新的类型，像'幸运派尔'一样精彩，不过发生在现代，完全基于现实。"

实际上，就是在这部早期故事剧里，斯特林堡已经开始尝试那些在他后期作品中频繁出现的写作手法，包括被后世学者们以电影剪辑技术"蒙太奇"来形容的场景转化方式。在《幸运派尔的旅行》中，斯特林堡不仅大胆使用了不关闭大幕完成"布景变化"（Changemang）的场景转换技术，还运用了著名的以连续"画面"（Tablå）展现段落性内容的叙事手法。在《幸运派尔的旅行》最后一幕里，派尔突然想到人在白天可以通过门缝看见鬼魂和"自己"，这种想审视"自己"的渴望使派尔见到了自己的"影子"。虽然作家在剧中将这一场景合理化处理为影子告诉派尔，他所经历的一切只是梦，但这种梦境与寓言式的表象、这种对"自我"内在真相的探求，从《幸运派尔的旅行》开始就从未真正离开过斯特林堡的戏剧作品。

斯特林堡去世后，他那些国际知名的戏剧代表作依然在瑞典和世界各国的剧院上演，但《幸运派尔的旅行》却渐渐淡出了世界戏剧界的视线。在瑞典，每过一段日子还会有导演想起该剧，观众们也因此能在剧场里与"幸运派尔"相遇。著名电影及戏剧导演英格玛·伯格曼（Ingmar Bergman，1918—2007）一生中曾多次将斯特林堡剧作搬上舞台，在他 20 岁第一次排演一部斯特林堡作品的时候，就选择了《幸运派尔的旅行》。当伯格曼被问及为何会选择这个剧本时，他这样评价："那是年轻、才华横溢的斯特林堡在一个幸福且拥有内心和谐的人生阶段，用一种闪烁着真实光芒的诙谐视角对自己的审视。"

中文译本

2007 年，中央戏剧学院邀请瑞典导演马福力（Mathias Lafolie）赴北京为该院表演系毕业生排演一出斯特林堡作品作为学生们的毕业演出。当时，学院方和导演一起选中了这个角色众多的剧本，邀请我完成了剧本翻译，将剧名译作《好运派尔的旅行》。

现在，五幕故事剧《幸运派尔的旅行》中文译本终于得以出版，作为该作品的首位中文译者，我感到十分荣幸，也非常忐忑。短短的一个剧本却隐藏着无数翻译的难题，有时绞尽脑汁也得不到一个令自己满意的译法，深感惭愧。在修订译稿的过程中，我得到了瑞典汉学家、作家兼文艺评论家夏谷先生（Göran Sommardal）大量的帮助，在此向他表示最诚挚的敬意和谢意。

在给本书寻找相关图片的过程中，我也获得了多家机构与个人的热情帮助，得到了许多非常珍贵的独家图片资料，在这里向他们一一表示真诚的谢意。瑞典舞台艺术博物馆（Scenkonstmuseet）为本书提供了大量图片资料，包括该剧早期上演的照片资料以及该剧 1883 年首演版的舞台美术设计图。虽然这些图片资料已属于公开版权，但舞台艺术博物馆档案馆的索菲娅·思古格隆（Sofia Skoglund）女士和玛丽安·赛德（Marianne Seid）女士还是在寻找资料、扫描图片、确认信息方面给予了无价的帮助，在此要特别感谢她们。此外，英格玛·伯格曼基金会（The Ingmar Bergman Foundation）为本书提供了伯格曼在排演《幸运派尔的旅行》

时亲自绘制的舞台设计概念手稿，感谢基金会的策展人赫莲·达尔（Helene Dahl）女士的大力协助。斯德哥尔摩"奥洛夫大师园地"青年活动中心（Mäster Olofsgården）为本书提供了伯格曼与"幸运派尔"剧组全体演职人员的合影以及演出说明书，感谢活动中心主档案室负责人安德斯·汉松（Anders Hansson）先生。最后，还要感谢瑞典著名的摄影师本特·万赛琉斯（Bengt Wanselius）先生、著名的舞台美术设计家邬拉·卡西尤斯（Ulla Kassius）女士和中央戏剧学院舞台美术系副教授鲁宁女士为本书提供的图片。感谢！

张可

2020 年中秋

张可，先后毕业于中央戏剧学院戏剧文学系及斯德哥尔摩大学戏剧系。曾任教于中央戏剧学院戏剧文学系，此后多年在瑞典驻华大使馆担任文化新闻官员一职。2015 年至今为自由职业戏剧构作、译者。

幸运派尔的旅行

五幕故事剧

（1882年）

角色表

教堂钟楼里的老头儿   铺路匠

派尔   亲戚

丽萨   市长

仙子   民众之一

土地精   宫廷内侍官

老鼠（尼塞与妮拉）   帝国纹章官

管家   帝国史官

计税官   宫廷教长

律师   维齐尔

法庭侍役   宫廷诗人

呈请执事   新娘

朋友甲   歌女

朋友乙   死神

朋友丙（女）   智者

耻辱柱   圣·巴托罗缪斯

雕像   圣·劳伦缇乌斯

车匠   扫帚

鞋匠   棺架

剜鸡眼的修脚匠

场景

故事发生在中世纪

第一幕

教堂钟楼室内

　　教堂钟楼室内。舞台深处有几扇护窗板开着，透过窗户可以看见星光点点的天空和被积雪覆盖的房顶；那些房子山墙最高处的窗户里透着明亮的光。

　　一把老旧的椅子、一只火盆、一张桌子和一张圣母玛利亚的画像，画像前点着蜡烛。

　　室内有交错而立的方棱顶梁柱，最中间的两根柱子较粗，各能容下一个人。

　　从下面教堂里传来合唱的歌声：

<blockquote>

A solis ortus cardine

Et usque terrae limitem

Christum canamus principem

Natum Maria Virgine[①]

</blockquote>

---

①　拉丁文赞美诗，作者是生活在公元 5 世纪的诗人瑟督琉斯（Sedulius）。歌词大意为：从日出的地方到大地的尽头，我们赞颂无上的基督，那圣母玛利亚之子。

第一场

老头儿从通向钟楼的楼梯上来，手里拿着一只捕鼠夹、一捆大麦和一盘粥。他把东西放在地板上。

老头儿　　给土地精①的圣诞米粥②准备好啦，今年这盘粥是他实打实应得的。有两次，我在看守钟楼瞭望窗的时候打起了盹儿，是他叫醒了我；还有一次失火，是他敲响了教堂的钟！③

　　　　　　圣诞节好，土地精！再过个好年！

----

① 土地精（Tomte，Tomtegubbe 等）是广泛存在于北欧民俗信仰和民间传说里的神话形象，其名字源于表示"一片地"或"一片宅基地"的"tomt"一词。土地精一般会隐藏在一座房子或农舍里，每个土地精与其特定"地盘"之间的关系是固定的。土地精们身材矮小，在一些故事里身高不足 10 厘米，多数情况下有 3 岁到 7 岁孩子的身高。他们通常是独居老汉的形象，没有家人或同伴，衣着简朴，会在夜深人静的时候出来干活，对自己地盘里的人和动物予以帮助。根据传说，土地精总是神出鬼没，不会在人类面前现身。人们通常认为土地精脾气坏、报复心强，因此会把发生在家里的意外归咎于土地精暗地捣乱。

② 圣诞米粥（Julgröt）是由稻米、水、牛奶和肉桂片煮成的比较稠的粥，是传统的北欧圣诞食品。按照习俗，人们为了答谢土地精在过去一年里的关照，会在圣诞夜给土地精准备一份圣诞米粥，并且会在盛粥的盘子底先放一小块黄油。

③ 老头儿是教堂看门人，他的职责也包括开关钟楼护窗、在城里发生火灾的时候将教堂的钟敲响以提醒该城居民灭火。

（他拿起捕鼠夹，支开。）

　　这是给你们准备的圣诞晚餐，该死的老鼠们。

一个声音　　不许咒骂圣诞节！

老头儿　　我看今天晚上要闹鬼！——哦！原来是天越来越冷，把房梁冻得吱吱嘎嘎响，就像在一条旧船上！

　　来这儿吃你们的圣诞晚餐吧，兴许这一回，你们就不会去咬断那拴钟的绳索，也不会去舔那钟轴上涂的油啦，你们这帮可恶的家伙！

那个声音　　不许咒骂圣诞节！

老头儿　　又闹鬼了！——在圣诞夜！好，好！——好啦，给它们的这份弄好啦！（他把捕鼠夹放在地上。）现在轮到那些长羽毛的坏蛋啦！这帮家伙当然得有大麦吃！那样它们才能把那锡铁房顶给我弄脏啊！对喽，就是这么回事！不过，这鸟食反正有教堂执事会出钱，不关我的事；若是我要求涨几个子儿的工钱，那他们可拿不出钱来。涨工钱这种事没人看得见呀，可是，每年一次支出去这么一根杆子，再拴上一捆大麦，就显得他们特别慷慨！他——可真是个大善人啊！慷慨是一种美德！——既然人人皆应分享，那我也要得回我给土地精准备的那份粥！

老头儿抖那捆大麦，把谷粒接在一只碗里。

一个声音 　他偷圣诞节的东西，他偷圣诞节的东西！

老头儿 　　现在我把它拴到杆子上，看起来就像一块招牌。反正也是为了摆样子，就是个表里不一的面子货。

（把挂着大麦捆的杆子伸出钟楼窗孔。）

哦，这破败的穷乡陋巷！

（将拳头伸向城市上空。）

我呸你！（从窗孔向下吐口水；转身面向室内，看见摆在玛利亚画像前的蜡烛。）

这又是那小子折腾的吧？现在可不是那种能点着蜡烛浪费的光景。

（把蜡烛吹灭，放进自己的口袋。）

一个声音 　大难临头了！大难临头了！

玛利亚画像的头部动了三下，一道强光自她头部射出。

老头儿 　　（倒退几步。）地狱竟然在今天这个晚上要它的鬼把戏！

一个声音 　天堂！

老头儿 　　派尔！派尔！你在哪儿?！我的眼睛！快点上蜡烛！——儿子！我的儿子！

玛利亚画像 　我的儿子！

老头儿摸索着下楼梯。

老头儿 　　我的眼睛！——地狱的火焰啊！（从楼梯下去。）

第二场

　　老鼠们（尼塞和妮拉）一前一后从舞台右侧上场，他们的尾巴上裹着表示哀悼的黑纱。

尼塞　　你有没有闻见煎猪肉的味儿？

妮拉　　闻见了，绝对是那味儿！你小心点，尼塞！我看见捕鼠夹就在那边！（抬前爪直立起身子蹲着。）咱们那几个小家伙儿就死在了那个东西上。哎哟哟，呜呜！

尼塞　　要是咱们能想出一招儿把那恶老头子狠狠整治一番，我可就解恨了。你快看看，那老头子有没有留下什么他看重的东西？

妮拉　　要不咱们把房梁咬断，让那几口钟掉下来砸在他的脑袋上。

尼塞　　噢哟妮拉，你知道的，我嘴巴里只剩下一颗可怜的上牙了。

妮拉　　我知道，可我还有三颗呢……重要的是这份心；但你对自己的孩子一点儿感情都没有！

尼塞　　你瞧你，咱们总不该在圣诞夜吵架吧。

妮拉　　安静！你看这是什么！

尼塞   一盘粥!

妮拉   是那老头子留在这儿的!

尼塞   是留给土地精的! 对呀, 他害怕土地精!

妮拉   有主意啦! 咱们就把这粥吃光, 那样……

尼塞   那样土地精就会找他的麻烦了!

妮拉   土地精发起脾气来, 折腾那老头子可绝不在话下!

　　两只老鼠围到盘子边, 吃粥。

尼塞   往你那边挪挪, 给我留点儿地方。

妮拉   安静! 楼梯有响动!

尼塞   盘子露底了! 能看见那块黄油啦。

妮拉   帮我舔舔这个角儿。

尼塞   好啦! 现在咱们就擦擦嘴, 快跑吧。

　　两只老鼠迅速从舞台左侧下场。

第三场

土地精顺着打钟的绳索降至舞台。

土地精　　（四处走动，寻找。）我的圣诞米粥在哪儿
　　　　　呢？——啊！我闻着，这味道像是从远处飘来
　　　　　的！在今天这样一个寒冷的晚上，这粥的味道
　　　　　一定格外好，希望他今年在粥里给我放了一大
　　　　　块黄油，过去这一年里我多照顾他啊！好啦，
　　　　　我的肚子，你现在可要做好准备呀，（松腰带）
　　　　　我松两个扣眼儿应该够了！（看见盘子）啊！
　　　　　这是怎么回事？空盘子！这个老厌世鬼在搞
　　　　　什么名堂？难道他变小气了，变得不知天高地
　　　　　厚了？不然，他放一只空盘子在这里是成心要
　　　　　取笑我……这里头盛过粥……（闻盘子）还有
　　　　　黄油！——啊！——好！——好！——好！虽
　　　　　说弄到要惩罚你的地步，连我都觉得你可怜，
　　　　　但我土地精这回一定要一展本色，毕竟惩罚
　　　　　和奖赏就是我分内的事！——我得坐下来，好
　　　　　好琢磨一份像样的圣诞礼物送给你。（一屁股
　　　　　坐在椅子上！）让我想想看！这老头儿把自己
　　　　　跟儿子一起锁在这钟楼上，为的是不让儿子
　　　　　接触人世间的邪恶和诱惑。老头儿自己看尽

了世间百态，他恨这世界，可那少年却从来没出过这座教堂的大门，只从这钟楼上头看过那下面的世界。不过我知道，正因为他只能从这里鸟瞰世界，那世界才吸引他。这老头儿活在世上只有一个真正的愿望，那就是，他的儿子将来能接替他在这教堂里干活儿，从此永保那小子不受生活艰辛和人性罪恶的侵扰。好！就让我来毁了他这个愿望吧。这是他唯一的弱点！——好吧！我要把那少年的教母唤来，让她去照顾那个毛头小子，为他展示这世界全部的精彩。到那时候，那老头儿再做什么都无济于事了！我已经感到了那少年做梦的力量！就这样吧！（吹一把哨子。）

第四场

仙子从柱子里出来，她打扮得像个丑陋的老太婆，穿一件棕色的大斗篷，拄着一根手杖。

仙子　　晚上好，小伙子！

土地精　晚上好，老太婆！——你能引诱一个年轻人吗？哦，哦，你先别误会。

仙子　　那得看情况！

土地精　凭你这身打扮肯定不行！你瞧，我说的是那老头儿的儿子。

仙子　　咱们的派尔？

土地精　就是他！——安静，老太婆，你先听我说！自打这小子出生，他就一直是我的心头肉。咱们俩，你和我，是他的教母和教父，对他也有应尽的责任。这孩子的教育一直被忽视了。今天是他满十五岁的日子，可直到现在，他还没见识过世界。我希望他能从这里出去，到外面去长见识，那样你我也能以他为荣——你有什么反对意见吗？

仙子　　完全没有！不过，我怕他在外头会遇上咱们俩解决不了的难事，你我的法力毕竟伸不出这座教堂的围墙啊。

土地精 这倒也是。我得再动脑筋想个法子出来！——有啦！咱们各自送给他一样受洗的礼物，在任何生活境遇里都能助他一臂之力。

仙子 那你打算送什么当礼物？说来听听！

土地精 你也知道，生活里总是布满荆棘，这小子又年轻，他从来没跟人打过交道，没得到过精心的培养，也没来得及学会那些能帮他实现愿望的本领。我对生活已经无所求了，因为我知道它能带来什么，所以，这小子将获得我的许愿戒指。那么，你的礼物呢？

仙子 你这件礼物固然很好，可是他一旦获得了心中渴望的一切，就会在旅途中变得盲目。因此，我要送给他的礼物，能为他展现事物真正的本质——我要送给他一位好旅伴。

土地精 女的？

仙子 那是自然！

土地精 你可真聪明！——好，现在就由你来照顾这小子，确保他能离开这儿。

仙子 可我该怎么做呢？他对父亲百依百顺，还很怕他。

土地精 区区小事！使点你的小把戏，带他看看下面那些为节日装点得美轮美奂的宅子和美好的生活，准行得通。

仙子　　　真的行吗？

土地精　　我了解年轻人！——拿上我的戒指，赶紧行动吧。

仙子　　　拿人的命运做游戏对吗？

土地精　　咱们只是跟人做游戏，至于他们的命运嘛，却不受你我掌控。那小子早晚要从这里出去，而他为了这一次出门闯世界所获得的装备，却是前人望尘莫及的！待他完成这次旅行，咱们再来深究此事吧！——你准备好了吗？

仙子　　　（走向她出场那根柱子的位置。）马上就好！

土地精　　我吹哨子了！

　　土地精吹哨子，随后消失在另一根柱子里。

第五场

派尔从通向钟楼楼顶的楼梯下来。

派尔　　　　是谁在那边？

仙子　　　　（身穿白色衣服像个天使。）是你的教母，派
　　　　　　尔！你不认识我了？

派尔　　　　噢！是你，上次我跌出钟楼，是你用双臂接
　　　　　　住了我。你今天找我有什么事？

仙子　　　　我想送你一样圣诞礼物。

派尔　　　　礼物？礼物是什么？

仙子　　　　是能为人带来快乐的东西！

派尔　　　　快乐？快乐是什么？

仙子　　　　是愿望被实现的感觉！

派尔　　　　愿望！现在我好像有点明白了。

仙子　　　　当你站在外面的露台上，有没有感觉到有什
　　　　　　么东西在拽着你，像是要把你深深地吸引住？

派尔　　　　有，我有那种感觉！你看那边，在明暗交汇
　　　　　　的地方有那么黑压压的一片；它在白天是另
　　　　　　一幅景象，起风的时候还会随着风晃动！

仙子　　那是森林！

派尔　　森林里面是什么样子？

仙子　　那里既阴凉又舒爽！

派尔　　真好！你瞧，有时候那森林像有一股劲儿，要
　　　　拽我去它那儿，猛烈得让我想从这钟楼的窗
　　　　孔冲出去，像鸟一样在空中翱翔。

仙子　　直到森林的另一边？

派尔　　森林还有另一边？那里有什么？

仙子　　有世界！

派尔　　世界！世界是什么？

仙子　　你想看看世界吗？

派尔　　世界有趣吗？

仙子　　一些人说有趣，大多数人却不这么认为！来
　　　　这边，让我为你展示几个画面，人们把这些
　　　　画面构成的斑斓长卷称为"生活"。
　　　　　　你看广场边的那座大房子，每一扇窗户
　　　　里都透着光亮，那里住着那富人。现在，往
　　　　房间里看：

　　　　　　　画面 ①

　　　　那张桌子上摆着一棵被烛光点亮的圣诞

---

① "画面"（Tablå）这个词指以画面展示或某场景内的小场景，很可
　能是由一组演员通过表演展示一个画面，类似"画中画"的场景。

树，上面挂满了各种礼物：南方的金色水果是由大船从海上运来的；大地隐藏的珍宝令人们屈膝膜拜，它们闪光的外表与烛光交相辉映。不过，你看那几张被烛光照亮的小脸，那才是人间生活的太阳，是快乐！是你还不了解的东西，我可怜的孩子。不过，你就要去了解什么是快乐了，那正是你要的，对吗？

派尔 那位走来走去给孩子们发金色水果的好仙子是谁？

仙子 那是母亲！

派尔 母亲？母亲是什么人？

仙子 你也有过一位母亲，可是你还没长大，她就死了。

派尔 那个坐在角落里和颜悦色的老人是——

仙子 那是父亲，他正在重温自己的童年——

派尔 父亲！可他看起来很和蔼！

仙子 是的，因为他不只爱他自己。

派尔 看那个年轻人，他用一只手臂揽着那个年轻姑娘的腰，现在，（情绪激动起来）他把脸贴在了姑娘的脸上——他们嘴对嘴——他们在干什么？在生活中，人们是这样交谈的吗？

仙子 这是爱情的交谈方式。

派尔 爱情！要是能亲眼看看这一切该多好！

| 仙子 | 等一等！——现在看山墙上的那扇窗户！——那里只点着一支蜡烛，一点穷苦的烛光。 |

画面

派尔	贫穷！这个我了解！不，还是给我看看美好的东西！
仙子	（注视着他）你渴望享乐！——好吧！接着看那上面，看那支仅有的圣诞烛光周围！它的光虽然惨淡，却暖暖地照亮了围坐在桌边的那些贫穷而知足的人们！
派尔	不，我要看美好的东西！
仙子	是吗！还有比这更美的。好吧，就依你！看那上边——那里是国王居住的宫殿。

画面

派尔	喔！
仙子	你看，那些服饰多么华丽，那些水晶光彩夺目。你再看，那金碧辉煌的墙壁上反射着不计其数的烛光，还有那些红色的玫瑰和蓝色的百子莲，虽然时值严冬，它们还照样开放！
派尔	喔！
仙子	还有那些披散着卷发的年轻姑娘，她们正在往银质的酒杯里倒红葡萄酒……
派尔	我想去那儿！

仙子	现在，白衣大厨们开始上菜了！
派尔	喔！
仙子	传令官们用手杖敲击地板，号声已经响起……（一口钟敲响三次，钟楼室内恢复了本来的样子。）糟糕，没时间了！——派尔，你想去外面尝试生活吗？
派尔	想！想！
仙子	无论好与坏！
派尔	我已经了解了坏的，我想去见识好的！
仙子	这只是你现在的想法！但你很快就会看到，好的不一定全好，坏的不一定都坏。
派尔	我只想出去！离开这儿！
仙子	你这就能离开！——但首先，我要送给你一样能在旅途上帮助你的礼物，你会用得上它的。不过，一旦得到这件礼物，就意味着你获得了比别人多的东西，因此生活总有一天会对你提出更高的要求。
派尔	快让我看看！
仙子	这枚戒指拥有的法力能满足你的一切愿望，它会对你有利却不会伤害别人。
派尔	真是一枚好戒指。但我家老头儿会说什么呢？
仙子	等待他的只有他应得的惩罚，因为自私得到的惩罚。

派尔	哦，那倒没错！——可我还是会可怜他。
仙子	别为他难过，我会在他忧伤的时候照看他。
派尔	忧伤！不会有别的后果了？——他说过，忧伤是生活里唯一的乐趣！那就让他慢慢享受吧，我怕是要为他创造一些这样的机会了。
仙子	最后，年轻人，你想得到智者专为旅途准备的粮食吗？
派尔	那又是什么？——好建议？
仙子	是的！
派尔	哎呀，我的脑袋早就被好建议塞满了——
仙子	我知道！也料得到那些建议的下场！——那么，再见了！就让生活教你如何生活吧，当这次旅途结束时，无论你变得伟大或是渺小，成功或是失败，富有或是贫穷，博学或是无知，至少你会成为一个人，一个富有人性的人。——再见了！

仙子消失在柱子里。

第六场

派尔独自一人。

派尔　　　好吧，派尔，你要出去投入生活了。在你之前，恐怕有不少人也这么干过！不过，外面真的是那样遍地荆棘吗？其实，我站在教堂顶上也见过下面的人群在街上来来往往；一个人从这边来到那边去，另一个人从那边来又要往这边去，一切看上去井井有条，虽然他们密密麻麻像蚊子一样，可我从没见过有人撞到对方。狗跟小鞋匠们打架我倒是偶尔见过，但我没见过老年人动手——从来没有！我家老头儿跟我每天要在楼梯上遇见十次，我们也从不打架；他的确打过我，可我从来也没对他动过手。也许，人并不像传说得那么坏！前两天不是有个富商家里起火了吗？对呀，当时不就有可怜的穷人们从四面八方赶来，冲进那富商家救出了他家的东西吗？没错，我还亲眼看见，他们从富商家的餐桌上拿走了那些银器，一路扛到城外很远的地方，藏在了干草垛后面，就为了不让那些银器被火烧掉！难道这还不算善良吗！还是走着瞧吧！咱们走着瞧吧！

无论如何，我亲爱的派尔啊，你这就要上路了，去外面看看世界，还要用一用你的礼物！

（注视戒指）

让我想想看！第一次我该许个什么愿望呢？

第七场

老头儿穿墙而入。

派尔　　哎呀，我家老头儿在这儿！——我没听见你上楼梯的脚步声。你这是打哪儿来的？ ^①

老头儿　（不安地）你看见了？

派尔　　没有！

老头儿　让我看看你！（盯着派尔看）这里一定出过事！

派尔　　没事！什么事也没出过！

老头儿　我的儿子，马上就到午夜了！还不赶紧去房间里睡觉好让我把你关起来！

派尔　　你总想把我关住！告诉我，父亲，难道你从来也没想过要放我出去看看世界吗？你该不会是要我永远待在这里，耗过这一辈子吧？

---

① 该剧创作于 19 世纪末期，当时的瑞典人使用"你"称呼与自己关系亲近的人，例如家人和朋友，谈话双方从称"您"改口为"你"有表达关系亲疏变化的意味。与此同时，"您"依然作为尊称用来称呼比自己地位高的人。本剧中的"您"与"你"基本上都是基于以上这样两种用法。

老头儿	我看尽了人生，也看透了它那些所多玛的苹果 ①，所以我要保护你！
派尔	可是，生活也许不像你说的那样辛酸！
老头儿	你懂什么！
派尔	噢，从我这高高的地方也能看见些东西的！来这边，我指给你看！
老头儿	你能给我看什么我不了解的东西呀？

派尔带**老头儿**来到窗孔边。

派尔	有的是！看这边！你看广场边的那座大房子！
老头儿	好！你赶紧吧！十二点的钟声敲响前，你必须上床！
派尔	你看那棵圣诞树上的装饰，有金的，有银的。
老头儿	那都是纸做的，小子！
派尔	还有南方的金色水果。
老头儿	上面全是虫眼儿……
派尔	还有太阳、欢乐，照亮了孩子们的脸庞……
老头儿	时不时就会被嫉妒心扭曲……

---

① 根据《圣经》描述，所多玛是靠近死海的古代城市。"所多玛的苹果"，也被译为"死海苹果"或"死海果子"，是一种外表美好摘下来却立即会化为灰烬的果实。人们通常用"所多玛的苹果"形容事物华而不实、徒有其表。

派尔	还有那位老人，坐在那儿幸福又满足……
老头儿	瞎说！他心里正在为过年就得付房租的事发愁呢……
派尔	他呢，那个有钱人！
老头儿	正在掩饰那即将面临的衰败！
派尔	还有那些年轻人。你看，他正要伸胳膊……
老头儿	去抓他父亲的钱袋。
派尔	真不害臊！……他们的嘴唇贴在一起了……
老头儿	只为追求感官之乐！
派尔	那是什么意思？……现在往山墙上看，在那仅有的一支圣诞烛光旁……
老头儿	干蹑手蹑脚的事儿，就得摸黑……
派尔	在那知足的平静之光里……
老头儿	那蜡烛是他们从卖调料的铺子里偷的，这伙贼现在正坐在那儿谋划下一次的连环盗窃，要洗劫城里的店铺。这些我全都知道！你听见了吗！还有那上面的宫殿里，千万支烛光闪烁，与葡萄酒的毒液交相辉映；那里的人们过着花天酒地的生活，头脑空空、没心没肺，他们口口声声说要体恤民生，却只会在杯盘狼藉间跌来撞去……
派尔	为什么你要抢先说出这些？让我先说完……
老头儿	别说了……快走开！听话，小子！

派尔	不！我要离开这儿！我要到外面的世界去！我想去看孩子们的面孔，哪怕它们会被嫉妒心笼罩；我想吃南方的水果，哪怕它们被虫子啃过；我想喝那葡萄酒，哪怕它会变成毒液；我想用手臂去搂一个姑娘的腰，哪怕她身无分文的父亲正坐在壁炉旁的角落里；我想拥有金银财宝，哪怕它最终只会化为尘土！
老头儿	地狱的火焰啊！是谁来过这里？
一个声音	不许咒骂圣诞节！
派尔	这是什么声音！今天晚上真是太奇怪了，比平时要奇怪得多！父亲，你看着我！……这是什么呀！这不是他的脸！
老头儿	（跪下）我的儿子！听你父亲的话吧！听老头子的话，这全是为了你好，你一定要留在这宁静的围墙里！
派尔	已经太晚了！
老头儿	我看见了什么！这戒指！是谁给你的？

老头儿试图从派尔的手上摘下戒指。

派尔	你是谁？你不是我的父亲！
老头儿	在你面前这有罪的、不幸的父亲被施了魔咒！

老头儿变成了一只大黑猫。

派尔	耶稣玛利亚！救命啊！

从玛利亚的画像射出强光。十二点的钟声敲响。

派尔　　　　怪物！怪物！——快消失吧，肮脏的妖精！

　　黑猫消失！

派尔　　　　是时候啦！（推开护窗板！）
　　　　　　到生活里去！（转动戒指。）
　　　　　　去森林的尽头！

　　派尔从敞开的窗户冲了出去。

第二幕

森林里

　　一片森林银装素裹。舞台前部，一条冰封的小溪斜穿过舞台。拂晓。

第一场

派尔上场。风吹过森林上空。

派尔　　　原来这就是那森林的尽头，我的思绪常常会穿过清新的空气飞向这里，这就是森林！——这是雪！现在我要捏雪球，就像学校里的小子们那样，我见过的！这个应该特别好玩！

（他捏雪球，扔了几次。）

哎呀！嗯！这也没有那么特别呀！再来一次！——我都觉得有点乏味了！

咦，上面的树冠里是什么东西在出声？是风！啊，风吹树叶的声音听上去还挺美！簌簌，簌簌！簌簌，簌簌！可是听久了，人会犯困。簌簌，簌簌，簌簌，簌簌！这会儿，风声又变得像夏夜里的蚊子。好奇怪，大自然里的一切都很短暂！钟楼里的悲伤却那么漫长！现在，这里一点儿也不美了，也没趣儿！（看见小溪）这是什么？冰！——冰有什么好玩的？哦，我想起来了，可以在上面滑冰！这我可得试试！

派尔走上小溪的冰面。冰裂了，他因为害怕摔了一跤，躺在冰面上。

第二场

丽萨上场。她跑向**派尔**。

丽萨　　　他在那儿！——哦。——他睡着了！——这是
　　　　　什么？——（捡起派尔跌倒时丢下的戒指。）
　　　　　一枚戒指！——他睡在雪地里！出了什么事？
　　　　　他受伤了！我该怎么办！在这冰天雪地的森
　　　　　林深处，不会有人路过这里的。可他要是不离
　　　　　开这儿，会被冻死的。那位好仙子叫我来找
　　　　　这个小子，可仙子没说过，我会遇见他这样
　　　　　半死地躺在雪地里！假如现在是夏天该多好，
　　　　　至少，太阳光会照在绿色的草地上。（丽萨用
　　　　　手指摸着戒指。）

第三场

布景变化

舞台上的景色从冬天变成了夏天。小溪上的冰不见了，溪水在石头间潺潺流动，阳光照亮了整个舞台。

丽萨 噢！这是怎么回事！（她惊讶地看着周围的一切。）

派尔醒来。

派尔 （揉眼睛）这是怎么回事！——我飞出教堂的钟楼，来到一片白雪覆盖的森林，我扔雪球、滑冰，头撞在冰面上，失去了知觉——然后我醒来——再然后，就变成了夏天！难道我被雪盖着，在这里躺了六个月？不像啊。（对着小溪照了照自己）我的脸红扑扑的像玫瑰。（又把身子探向水面）咦，那水下面……我看见了什么！一片蓝色的天，绿色的树，白色的睡莲，中间还有——一个姑娘！跟圣诞夜里那个年轻人用手臂搂着腰的那位一样！披散的头发，嘴巴像首歌，眼睛灵动像鸽子！噢！——她在冲我点头——我来了，我来了！

（他正要往小溪里跳，丽萨叫了一声。）

　　　　　　她在那儿！刚才还在水里！

丽萨　　　是呀！别总相信你的眼睛。

派尔　　　这真是个神奇的世界啊！不过我得看看，这
　　　　　是不是刚才那个姑娘！

　　　　　（他盯着她端详。）

　　　　　　是她！就是她！（正要跑向她，却看见
　　　　　了自己的戒指。）——什么！我的戒指！趁我
　　　　　躺着不省人事的时候，你抢了我的东西！噢！
　　　　　"别总相信你的眼睛"，这是你说的。没错！
　　　　　这算是我学到的第一课！我想拥抱一个天使，
　　　　　却发现了一个贼。

丽萨　　　别总相信你的眼睛，派尔！先弄清楚情况再
　　　　　下结论！

派尔　　　你说得对！我现在就要这样做。——姑娘，你
　　　　　是谁？你叫什么名字？

丽萨　　　我的名字叫丽萨！至于我是谁，时机到了你
　　　　　自然会知道。我来到这儿，发现你不省人事，
　　　　　你的戒指是我在冰上捡的，我并不知道它有
　　　　　法力！

派尔　　　原来是你从致命的严寒里救了我！原谅我！
　　　　　丽萨，你要跟我一起走，在我这趟旅途上，你
　　　　　一定会见识到一种有趣的生活。

丽萨　　　你说，你在旅行？那你这趟旅行的目的是
　　　　　什么？

派尔	目的！跟其他人一样，我想碰碰运气！
丽萨	你要碰运气！那可是个很脆弱的东西！
派尔	噢，别这么说。我能得到我想要的一切。我们刚才不就在严冬里得到了最美好的夏天吗？看，太阳的光透过松树洒下来，多灿烂。你要知道，这一切对我来说都是全新的！哦，快看！这是什么！

派尔捡起几颗云杉树的球果。

丽萨	这是树的果子。
派尔	那这东西能吃！
丽萨	不能吃，不过孩子们经常拿它做游戏！
派尔	做游戏！我从来没做过游戏！我们一起做游戏好吗，丽萨？
丽萨	好，可是做什么游戏呢？我们玩追人游戏怎么样？
派尔	怎么玩！
丽萨	就这样！

（她跑到一棵树后面，向派尔扔球果。）

现在来抓我吧！

派尔	（跑去追她）哎呀，这可不容易！

派尔踩到一颗云杉树的球果，伤了脚。

派尔	这些该死的云杉树苹果！

丽萨	不许骂树的果实！
派尔	这种果子没有也罢！还是我在一棵圣诞树上见过的果子更好。不过，要是这棵云杉树能结出那样的果子……

布景变化

云杉树结出了橙子。

派尔	看，你看！我们尝尝吧！

他们摘果子吃。

丽萨	你觉得怎么样？
派尔	味道还不错，但比我想象的差一点儿。
丽萨	事情总是这样的，一辈子都会是这样。
派尔	你可真聪明，我亲爱的姑娘！丽萨！我能用手臂搂你的腰吗？

云杉树上，一只鸟缓缓地叫起来。

丽萨	可以，但为什么呢？
派尔	我可以亲你的嘴吗？
丽萨	可以，这也没什么大不了的！（他们接吻。）

那只鸟的叫声更大了。

派尔	刚才那个游戏让我很热，丽萨！我们去小溪里游泳吧？
丽萨	游泳？（她用手捂住眼睛。）

派尔　　　　（脱外衣扔在一边）对！

　　丽萨躲到一棵树后面。那只鸟还在叫。

丽萨　　　　不，不行，不行！

派尔　　　　树上那个大嗓门儿是什么东西？

丽萨　　　　那是一只鸟，在唱歌。

派尔　　　　它唱的是什么歌？

丽萨　　　　安静！我能听懂鸟的叫声，是我的教母教
　　　　　　我的。

派尔　　　　快说来听听，一定很有趣！

　　那只鸟继续叫。

丽萨　　　　它说："别这样，别这样！"
　　鸟又叫了一遍。

丽萨　　　　派尔！派尔！你知道小鸟这回说了什么吗？

派尔　　　　不知道！

丽萨　　　　"纯洁地活着！我的眼睛在看着你！"

派尔　　　　纯洁！那是什么？！

丽萨　　　　我也不知道，不过，快把衣服穿上吧！

派尔　　　　它瞎说，这里根本没有人看我们！

　　布谷鸟大叫：哟（有）！哟！哟！哟！

派尔　　　　那个家伙在上面叫什么？

丽萨　　　　（模仿布谷鸟的叫声）哟（有）！哟！哟！哟！

派尔	这拖后腿的事还真是多得烦人！
丽萨	你就不能享受大自然纯洁的快乐吗？
派尔	能，一小会儿可以！——哎呀，有什么东西！（扯下身上的背心。）
丽萨	一只蚂蚁！
派尔	瞧，净是些叫人不舒服的东西！（挥着帽子在身体周围打来打去。）有什么东西叮了我一下！——一只蚊子！
丽萨	生活里的一切都不完美，派尔，记住这一点，好的坏的都要接受！
派尔	坏的留给坏人吧，我想要好的！就这样！（继续挥舞帽子。） 　　现在，我受够了这片森林！况且人也不能玩一辈子！我渴望工作，我想投入人群里去！丽萨，既然你是个如此聪明的小东西，你要告诉我人们最看重什么，因为我要得到它！
丽萨	派尔，在我回答你之前，先听一句理智的话吧！人一样会让你烦恼，就像刚才那只蚊子，而且，人也无法带给你这青春永驻的大自然里才有的快乐。
派尔	大自然！没错，从教堂的钟楼上看它的确很美，但离得近了就变得很单调！这里的一切都是静止的，这些树五十年前就长在这里，接下来的五十年它们还会在这儿。我的眼睛已经

厌倦了这种壮丽的景象，我想看活动的东西，听嘈杂的声音，假如人真的像蚊子，那跟人保持距离可比对付这帮家伙容易多了。（用帽子拍打头的周围。）

丽萨　慢慢你就明白了，你会明白的！亲身经历一定比我的话更有说服力！

派尔　好吧，丽萨！在一个人身上，人们最看重的是什么？

丽萨　真叫人羞于启齿！

派尔　你一定得告诉我！

丽萨　是金子！

派尔　金子？但那是身外之物，又不是人与生俱来的！

丽萨　是的，这道理人们也知道，但现实就是这样！

派尔　那金子到底有什么特别之处呢？

丽萨　一切！它有助于一切，又什么都帮不上。——它能带给你大地所能提供的全部，因为它本身就是土壤最完美的品种，什么也不能让金子生锈，但金子却能让灵魂变得锈迹斑斑！

派尔　好啦！你跟我去旅行吗，丽萨？

丽萨　我会一直远远地追随你！

派尔　远远地！为什么不在我身边呢？丽萨，我现在就要再搂你的腰……

丽萨从派尔身边挣脱。

那只鸟又叫起来。

派尔　　你为什么要躲开？

丽萨　　你问那只鸟！

派尔　　我又听不懂它说什么。你快告诉我呀！

丽萨　　（尴尬地）不，我不能！

那只鸟又重复刚才那段叫声。

派尔　　不能？为什么？

丽萨　　它现在不是在对我们唱，这歌是唱给心上人
　　　　听的，这回你能听懂它的话了吧……

派尔　　我怎么能懂！

丽萨　　（跑下，边跑边说。）它说的是："我爱你，我
　　　　爱你！"

派尔　　别跑呀！你这是要离开我吗？丽萨！丽萨！——
　　　　她不见了！

　　　　　好吧！那么，来吧，宫殿！来吧，盘子与
　　　　美酒！来吧，马匹与车辆，还有仆人和金子！
　　　　金子！

第四场

布景变化

一间布置豪华的居家餐厅。

几个仆人搬进一张桌子，上面摆着食物和几种葡萄酒；另一些仆人抬进一只箱子，里面装着黄金；又有仆人们搬进一张桌子，上面摆满了各种金质的壶、瓶子、高脚杯和烛台等器皿。

派尔走来走去，观察着身边的一切。

派尔　　　噢，这里是那富人的住宅！没错！看上去相当令人期待！

　　　　　奴仆！把我最好的节日盛装拿来！不过，它得是金子做的才行。

　　　　　（仆人们为他穿上一件金质的外套。）

　　　　　再来一把椅子！

　　　　　（仆人们扶他坐在餐桌前一把金质的椅子上。）

　　　　　派尔，现在你可要享受生活了，而且你有权这么做！你不是每天清晨四点起床，为晨更的祷告敲钟吗？你不是每个礼拜五扫教堂、礼拜六刷洗楼梯吗？你不是一年三百六十五天天天吃面包、鲱鱼就凉水下咽吗？你不是每天睡在豌豆秸上，经常因为那秸秆脱粒太差，害你感觉膝盖窝儿里都是豌豆吗？没错，这些你全都经历过！所以，享受吧！

派尔准备去餐桌边就座。

管家　　（持手杖）请原谅，大人！餐桌还没布置好。

派尔　　没有吗？

管家　　再过两个小时烤肉才能做好！

派尔　　我不在乎有没有烤肉！

管家持手杖挡在派尔面前。

管家　　这绝对不行。餐桌没布置好，不能入座！

派尔　　谁能在我自己的家里拦着我！

管家　　礼仪，大人，在任何情况下都不允许这种事情发生。

派尔　　礼仪！那是个什么爱捣乱的家伙？

管家　　大人！听一个老人家的话吧！像大人这样有地位的人，做出失礼的事就会名誉扫地！

派尔　　（害怕）这个人可真严厉！虽然我饿得要命，却还是得服从他。——不过，等一下！真的就没有任何东西能让他改主意吗？我倒是听说——金子（走到钱箱旁，取出一把金币）会不会有……

管家　　大人！我在仆人之上，大人在我之上，但在我们所有人之上——还有礼仪！礼仪的这些规矩是永恒的，因为它们不仅具有理性的基础，还扎根于人们所说的历史传承！

派尔　　　而这些历史传承是不能拿金子做交换的？

管家　　　在这种情况下——不能通融！

派尔　　　那我要这些财富还有什么用，饿的时候连肚子都填不饱！我比那最穷的敲钟人过得还差！

管家一言不发，像雕像一样站在桌子的一端。

第五场

计税官和他的**副手**上场，他们走来走去，将房间里的东西一一做登记。

派尔　　瞧，又来了一种新的折磨！先生们这是要拿什么来刁难我这个清白的人？

计税官　我们在估税，大人！

派尔　　原来是你们在管控人的价值！最近一个人值多少？

计税官　每一百交两块，大人！不然就根据财产多少计算。

派尔　　听我说，趁先生们在这里盘点，我能否先回避一下？我实在是又累又饿！

计税官　不行！物主必须在场。

派尔　　天啊，这是何等的麻烦呀！不过，至少能让我坐下吧？

计税官　请便！（对副手说）带压边的餐盘两打——记上！上等黄色金属手柄冰酒桶六只——记上！一只糖碗配镂空糖勺一把——还有两把小号的——记上！带珍珠母手柄的餐刀两打，全新的——记上！

派尔　　我不会要发疯了吧！

计税官　橡木餐桌一张，带折叠板一对——记上！核桃
　　　　木椅子六把。

第六场

律师上场。**其他角色**同上一场。

派尔　　　又来一个!

律师　　　大人被传唤于即日十二点前到市政厅法庭,为
　　　　　第 2867 号房屋资产证明生效程序出庭。

派尔　　　市政厅法庭! 打官司! 先生,我从来没打过
　　　　　官司!

律师　　　这不是打官司,仅仅是一个核实事实的程序。

派尔　　　我不想核实事实。

律师　　　假设情况如此这般……

派尔　　　我不想假设情况 ①。我想吃饭! 管家,能不能
　　　　　给我一片面包吃?

　　　管家抬手杖呈威胁状。

---

① 律师的话本意为"既然如此……",但他使用了一句接近拉丁语
　的古语,导致派尔没听懂。

第七场

法庭侍役上场。**其他角色**同上一场。

派尔　　　还有人来！

法庭侍役　大人因疏于保持街道清洁被传唤，请您明天
　　　　　上午十一点到地区法庭走一趟！

派尔　　　像我这么有钱的一个人，还得去维护街道清
　　　　　洁！还有什么是不必由我做的吗？

法庭侍役　保持自家房前屋外清洁，是每一位屋主的
　　　　　责任。

派尔　　　礼仪、税务、假设情况、保持院子和街道的清
　　　　　洁、忍饥挨渴——原来这就是那富人的命——
　　　　　那我倒宁愿雇自己去当个扫大街的。我既不
　　　　　能把这些闯进我家里的先生们请出去，也不
　　　　　能离开这儿！在我想离开的时候！

第八场

呈请执事上场，身后跟着一名仆人怀抱两筐文件。
其他角色同上一场。

派尔　　　律师先生、法庭侍役先生，法律就不能保护
　　　　　一个不幸的富人让他在自己家里得到安宁吗？
　　　　　难道法律只保护穷人！

律师　　　大人如今不能再视自己为一个个人了，因为
　　　　　您的财富已经令您踏入上层社会，您已经属
　　　　　于公众人物了。

派尔　　　所以就被搁置在了法律之外。

　　律师微微一笑，又看了看周围。

律师　　　是在法律之上，大人！

派尔　　　哈！——最后来的这位朋友有何贵干！那两只
　　　　　筐子里放的是礼物吗？

呈请执事　尊敬的大人，您作为教会执事会成员……

派尔　　　（打断他的话）这是要召我……

呈请执事　召您后天参加会议。

派尔　　　十一点……

呈请执事　十一点，出席本教区神父选举会；不过在此之前，还要烦请大人务必研读我带来的文件，这些都是用来证明竞选对手无能的资料。

派尔　要我在后天之前读完两筐文件！——不行！不行！

呈请执事　也许，大人依旧愿意将您那一票投给我们的候选人……

派尔　不用看文件也行……可以这样吗？请接受我的谢意，亲爱的朋友！拿笔和墨水来！

　　呈请执事将笔、墨水和需要签字的文件递上。

呈请执事　好极了！我向您致谢，大人！

派尔　（拥抱他）噢，是我要感谢您才对！

　　管家用手杖叩桌面，众仆人端盘上菜。

管家　菜上齐了！

　　除了派尔与管家，众角色退下。

派尔　（在餐桌边就座）总算是好了！——（音乐轻轻响起。）瞧，他一下命令，那些人就走了，可我想请他们离开却毫无作用！

管家　他们服从的不是我的命令，大人，是礼仪定的规矩……

派尔　而这些规矩高于我的意愿。

管家　规矩是众人的共识，当然应该高于个人的意愿。

派尔	问什么他都有答案！——好吧，无论如何，我现在要享受了！美酒温暖人心，美食温暖头脑，但独自一人有什么享受可言！——管家先生，礼仪的那些个规矩是否允许人在享受的时候有他人相伴？
管家	依我看，礼仪原本就是这样规定的。
派尔	太好了，我想要……

第九场

*朋友甲*上场，冲进*派尔*的怀抱。

朋友甲　　哎呀我亲爱的朋友，总算又见到你了，真是久违了！你还是老样子，比上次见面时略显消瘦；不过，老伙计，你现在一切可好？

派尔　　（盯着他看）好，很好，谢谢，谢谢，我一切都好，正如——嗯①——所见。请随意选个位置坐吧！

朋友甲　　多谢你的好意，我刚吃过午餐了，我先去会客室等你用餐完毕。

派尔　　不，你恰恰不该去那里等我；我刚刚才说过，我觉得独自一人用餐的生活太寂寞了！选个位置坐吧！

朋友甲　　亲爱的老朋友，既然你执意要求，那我就在你身边的这个位置坐下等你用餐；不过，这看上去简直就像我是专程来吃饭的……

派尔　　即便真是这样也没有关系呀……

---

①　因为不认识对方，派尔支支吾吾叫不出对方的名字，也不知该如何称呼对方。

朋友甲	（不情愿）噢！
派尔	好了，好了！我又没说是这样！

朋友甲坐下来。

朋友甲	你如今过上了人们常说的那种养尊处优的生活；看见命运能如此慷慨真是可喜，而见证别人获得幸运的偏袒，也总会令我这敏感的心灵感到高兴。并不是所有人——上帝作证——不是所有人都能够赞美那位无常的偏袒女神。
派尔	是吗？你受了什么委屈吗？
朋友甲	我？
派尔	算了，我现在要用餐，不想听些不幸的事儿！你是否愿意屈尊帮我尝一块碎肉团。
朋友甲	你说帮你，我的朋友！
派尔	别再叫"朋友"了，你得叫我的名字！ [①]
朋友甲	克里斯多夫！既然是你请求我帮忙，可怜的人，我怎么能拒绝你呢！

朋友甲开始吃饭。

在以下对话过程中，朋友甲的胃口越来越好，以至于派尔会睁大眼睛观察他。

派尔	人永远不该拒绝他人的请求！
朋友甲	说得好，人永远得"来者不拒"——我是说，不拒绝他人的请求！

———————

① 能直呼其名（不带姓）代表对话双方的关系更加亲密。

第十场

朋友乙上场，*径直走向餐桌。*

其他角色同上一场。

朋友乙　　你好，约兰！你还认得出我吗？

派尔仔细盯着他看。

朋友乙　　哦，你不记得我了，但我记得你！你瞧，我从
　　　　　　不忘记我的老朋友，有需要的时候，我就会登
　　　　　　门拜访。既然你正坐在这里吃饭，而我又没
　　　　　　得可吃，那我就直截了当地说出来：老伙计，
　　　　　　我来了——（在餐桌边坐下。）

朋友甲　　（对派尔说）那个蓬头垢面的家伙是谁？他吃
　　　　　　东西的样子，活像从圣诞节到复活节就没见
　　　　　　过吃的。

派尔　　　哦，他是一位好朋友。

朋友乙　　（对派尔说）那个乞丐是谁？他狼吞虎咽的样
　　　　　　子，活像刚熬过隆冬的一头狼。

派尔　　　哦，他是我的一位好朋友！

朋友甲　　（对派尔说）对虚情假意的朋友，你可要当心
　　　　　　啊，派尔。

朋友乙	（对派尔说）对虚情假意的朋友，你可要当心啊，派尔。
派尔	好的，好的！
朋友甲	（对派尔说）等着瞧吧，他马上要向你借钱了。
朋友乙	（对派尔说）如果他提出向你借钱，你一定要拒绝，因为他从来不还钱。
派尔	好了，好了！——我说好朋友们，你们不觉得这一桌佳肴相当可口吗？
朋友乙	我可从来不奉承人！
朋友甲	是吗，您只顾着吃了，我的朋友！我也从来不奉承人，但却不能因此就遮掩事实，我必须承认，能跟今天这顿相提并论的美食我从来也没尝过，只有克里斯多夫才会用这样的美酒佳肴款待客人！干杯，克里斯多夫兄弟！
派尔	（惊讶地，自言自语）克里斯多夫？
朋友乙	我是个简简单单的普通人，不会说那些个辞藻华丽的话。我瞧不起那些人，他们的花言巧语只会让我认为他们另有图谋，是拐弯抹角奔着钱去的。这就是我的大白话。
朋友甲	太无礼了！
派尔	我恳请二位，不要再用严肃的对话打断这欢喜的聚会了，也许，一位有魅力的异性代表能缓和气氛，让这聚会变得更加愉快。

第十一场

朋友丙（女）上场。其他角色同上一场。

派尔　　　　瞧！

朋友丙　　　哎呀，你都不等我！真是太没礼貌了，不过看在你是我朋友的分上，我原谅你了！你可以吻我的手了！

派尔亲吻她的手。

派尔　　　　请原谅，我的美人，一定是我把日子记错了！无论如何，请坐吧！在座的朋友，谁愿意把我旁边的位置让一个出来？

（两个朋友都挤向派尔。）

都不愿意！那就请我那位岁数最小的朋友让个位置！——也许你们不知道谁更年轻。

那就请我最好的朋友自愿放弃自己的位置，因为他永远都在最靠近我这颗心的位置！

两位朋友同时离开各自的座位。

派尔　　　　看来二位都是我最好的朋友。

朋友丙　　　而我是你在女人里最好的朋友！对不对，阿隆佐？

派尔	千真万确!——我现在就举杯,我要为友谊干了这杯!友谊就像黄金,因为它纯粹。
朋友丙	(对甲和乙说)他形容得真美!
派尔	友谊就像月亮。
三位朋友	说得好!说得好!
派尔	因为它向太阳借金子……(三位朋友面面相觑)般的光芒!一旦太阳离去,月亮就变得暗淡!不是吗?
三位朋友	(勉强地)说得太好了!
派尔	但友谊也像燃烧的柴火堆,若要它继续烧下去就得不断添薪加柴!诸位将你们的友谊给了我,我又该用什么来回报呢?

三位朋友向四周看了看。

派尔	你们看上了我的金子。哎,跟诸位的友谊相比,黄金不过是尘土!
朋友丙	(小心翼翼地)但人也不能因为有了那非尘非土的东西,就瞧不起来自土地的馈赠!
朋友甲和乙	说得太好了!
派尔	好吧,我要回报诸位的真诚——看那边——我要把这些金子全都送给你们。
三位朋友	噢!(他们扑向餐具。)
派尔	但是请记住:我告诉过你们,黄金不过是尘土。

（用手捂着嘴，焦躁地来回走动。）

噢！我的上帝，我怕是要死了！

朋友丙　你怎么了，阿隆佐？

派尔　我的牙疼！哎哟，我的牙！你们瞧啊，富人照样要遭受生活里的烦恼！

三位朋友各自拿着黄金器皿，向门口走去。

派尔　别走呀，别留下我一个人在这儿难受；现在是我最需要你们陪伴的时候！

朋友甲　哦，小小的牙疼不打紧，很快就会过去的！

朋友乙　往嘴里含口凉水，一会儿就没事了！

朋友丙　瞧这些男人，一点儿小病痛就这么敏感，你们真该去看看一个女人所忍受的疼痛！

派尔　噢！别离开我，我疼得要命！

朋友甲　我永远不会抛弃你！（用手拉着门。）我先赶紧去找个牙医来！

派尔　别走，留下来！

朋友乙　（在门口）不，作为伊奥尔的老朋友，应该由我去找牙医！

派尔　你们都想抛下我跑掉！——好！——我要诅咒这金子！我要诅咒你们，一群虚情假意的朋友！

三位朋友手里的黄金器皿瞬间变成了黑色。

三位朋友　他骗了我们！看！看哪！（三个人开始牙疼，大叫。）噢！噢！

派尔的牙不疼了。

派尔　哦，小小的牙疼不打紧，很快就会过去的！

　　往嘴里含口凉水我的老朋友，一会儿就没事了！

　　（朋友丙晕了过去。）

　　一个娘们儿不该为这么点儿小病痛就晕倒呀！

　　（朋友甲和乙跑掉。）

　　对，快去找牙医吧，让他拔光你们的牙，省得你们这些狐狸再去咬死绵羊！

第十二场

朋友丙和**派尔**。

朋友丙　　（苏醒）阿尔弗雷德！所有人都弃你而去，我却留在了你身边！

派尔　　　是啊，可你留下来还有什么用！我现在可是那最穷的穷人，而且计税官很快就要来收税，到时候连这里的家具也会被他搬去抵税！

朋友丙　　（依偎在他身上）那我就要在你身边支持你，（抓住他的手，在以下过程中偷走了他的戒指。）将我的双手交给你……

派尔　　　（被蒙蔽）你？这是真的吗？

朋友丙　　这是不是真的？看着我——

派尔　　　曾经有人告诉我说，女人比男人更不可信……

朋友丙　　是女人比男人更聪明……（把戒指藏在自己身上）……所以才被人说成不可信……哎呀！快让我坐下，我真是被气着了……

派尔扶她在一张靠墙的椅子上坐下。

派尔　　　冷静一下，我的朋友，是我吓到你了！

朋友丙　　　给我一杯葡萄酒，这一通折腾，累得我几乎虚脱了。

派尔走向餐桌。

椅子后面的墙壁打开；朋友丙和椅子即将消失在墙后。

朋友丙　　　（展示戒指）哈哈哈哈！傻小子！记住这次的教训，别再相信一个曾被你羞辱过的女人！

第十三场

派尔冲到窗口，伸出头向外张望；当他把头缩回来时，头上长出了一对驴耳朵。

派尔   诅咒金子，诅咒友谊，诅咒女人！我现在孑
然一身，一贫如洗还遭人抛弃，顶着一对长
耳朵，也没了我的戒指！早知道生活会如此
悲惨，我倒宁可留在家里跟那只怪物待在一
起！——我现在该怎么办？没有朋友，没有
钱，没有房子，也没有落脚之处。困难就在这
扇门外等着我；难道我现在真的要投入生活
里，为了实现每一个愿望而拼命努力吗！——
假如我不是只身一人该多好！——既然不存在
什么友谊，一切也不过是虚假与卖弄，为什
么我还如此不情愿一个人待着呢？真可恶！

第十四场

丽萨上场。

丽萨 不许诅咒，派尔！

派尔 丽萨！你没有抛弃我，可我却在幸运的时光里忘记了你。

丽萨 朋友本来就会在困境中出现！

派尔 朋友！我诅咒友谊——

丽萨 不要这样，派尔！生活中既有友谊，也有虚伪的朋友！

派尔 我试过了生活里的好日子，却发现只有空虚和卖弄！

丽萨 你只是用你自己的方式尝试了生活！——那不过是一个毛头小子对人生的初次体验，你应该成为一个大人！你追求幸福，却找错了方向！难道你不想走出去做有益的事，去启发他人，成为一个有用的人吗？因为你那清醒的目光已经能够识破生活里的虚伪与不公。

派尔 我要成为一个伟大的人！

丽萨	伟大与渺小是一回事，你要成为一个有用的人；你应该成为一名改革家，带领着人类进步。
派尔	对呀，一个受民众赞美和崇拜的改革家，一个英名被世人传颂的改革家。
丽萨	哎，人生的真谛离你还太远；你为了获得荣誉，才去追求伟大；你会得到它的，也会获得一次全新的经历！
派尔	可是，怎么办呢？我的戒指没了！
丽萨	那许愿戒指的法力之一就是永远不会离开它的主人。
派尔	（看自己的手。）啊！看，它果然在这儿！——好吧，我想成为一个伟大的人，一位改革家。可是，丽萨你要跟我在一起！
丽萨	现在还不行！但我会远远地追随你， 当你忧伤在你遇到困难时， 当好运的阳光躲进乌云时， 我会在你身边援以微弱的支持。 走出去你将见证生活里的不公， 但假若你看见美丽之花， 在石砾与泥泞间也能绽放， 你就想想生活原本既有好也有坏！

幕落。[①]

---

① 大幕关闭。这里可以安排幕间休息。

第三幕

一座广场。广场右侧是市政厅的拱廊,拱廊上方有一处凸肚窗,里面的空间能容下市长和官员若干;广场左侧是鞋匠的房子,有鞋匠铺子的橱窗和招牌,门前摆着一条长凳和一张桌子,旁边有一个鸡笼和一只水桶。

广场中央有一座耻辱柱,上面用铁链拴着两只铁项圈;耻辱柱顶端有一尊人物塑像,手持一束枝条鞭;塑像右手一侧,同在广场中央,有一座市长汉斯·舒尔茨的全身雕像,他斜靠着一把铺石路用的压石镦,头戴月桂冠。

舞台深处的背景为城景。

第一场

耻辱柱和**雕像**。

耻辱柱　　（对雕像鞠躬）早上好啊，雕像！昨晚睡得好吗？

雕像　　　（点头）早上好，耻辱柱！你自己睡了吗？

耻辱柱　　睡是睡了，可我还做了一个梦；你猜我梦见什么了！

雕像　　　（脸色一沉）这叫我怎么猜？

耻辱柱　　哈！我竟然梦见，城里来了一位改革家！想不到吧！

雕像　　　一位改革家？是吗！（踩了踩脚）他妈的，站在这儿真是冻坏了我这双脚，但为了这份荣誉还有什么不能做呢！一位改革家？那他也要得到一座雕像咯？

耻辱柱　　雕像！想得美！他呀，自己倒像座雕像一样站在我的脚下，而我就用这对手臂抓住了他的脖子。

铁项圈发出咔嗒咔嗒的响声。

耻辱柱	你瞧，他是一位真正的改革家，不是欺世盗名的骗子，跟你活着那会儿不一样！
雕像	一派胡言，你应该知道什么叫羞耻！①
耻辱柱	我知道，但是，我永远跟正义站在一起。（挥舞枝条鞭。）
雕像	这个人有什么专长吗？
耻辱柱	有，他在铺路方面是改革家。
雕像	铺路！卑鄙小人！他竟敢对我的领域动手动脚。（用压石镦砸地。）
耻辱柱	不，他是实干，你从前那才是做手脚。你若不是现任市长的丈人，根本就不可能站在这个地方！
雕像	难道不是我主持完成了用石头铺路的新点子？
耻辱柱	没错，是你，可那并不是什么新点子！再说，你是怎么做的？人们过去能踩在柔软的沙土路上，现在却只能在那些粗粝扎脚又圆咕隆咚的石头疙瘩上找平衡，把脚和鞋子都磨坏了。只有从你家到酒馆的路，你才让人用平整的石头铺了便道！
雕像	改革家也好骗子也罢，他现在是想把我做过的事重做一遍吗？！

---

① 耻辱柱是对罪犯实施当众羞辱惩罚的地方，因此"雕像"这样说，暗示"耻辱柱"不知羞耻。

耻辱柱	他要挖了你铺的路，再给全城的路都铺上"市长石道"①，让所有人走上一样好走的路！
雕像	原来还是个激进分子！
耻辱柱	对，他是，并且他也没有同伙；不像你当初，车匠、鞋匠、修脚匠和现任市长全都跟你是一伙儿的，所以你才得逞了！
雕像	他可要当心！从我的杰作上挖出的每一块石头都会被民众用来砸在他的身上，他若胆敢碰我的纪念雕像，就等着大难临头吧！
耻辱柱	让我们期待他揭穿你这个老无赖吧！你还记得自己是如何在死后变成这样一位伟人的吗？先是神父收了二十马克，在葬礼上为你回顾了生平；接着，从你的铺路工程里赚了大钱的铺路匠又发言为你歌功颂德；再接着，因为你那舒适的铺路石而揽上了生意的剜鸡眼的修脚匠叫人给你打造了一枚奖章；而那车匠，因为也得了不少修车的活儿，就以你的名字命名了一款马车；最后，鞋匠还为你举办了一场追思会。这下万事俱备了！于是，你的女婿，现任市长大人就发起了集资造雕像的号召——因为没人敢反对，今天你就站在这儿了！
雕像	没错，我是站在这儿了，而这却叫你很恼火！今天，"舒尔茨协会"还要来这里按照我女婿

---

① "市长石道"（Borgmästarstenar）指嵌在一条石块铺成的路中间的人行道，由较大的、平整的石头铺成。

的要求为我献花环、唱纪念歌曲；不得不站在这里听他们唱歌，怕是会刺激得你更难受了吧？

耻辱柱　我不否认！不过走着瞧，也许我做的梦最后会变成现实呢？

雕像　你快闭嘴，协会的人来了！

耻辱柱　我现在的确得把嘴闭紧了，不然准会笑出声来！整个协会才三个人，去年还有六个。你就快被退回去了，舒尔茨，你等着瞧吧，他们会把你挪到牛圈里去的。

雕像　尊重伟人和记忆的民众永远不会堕落到要把伟人们的雕像搬进牛圈里去。

第二场

鞋匠从自己的房子里走出来，打开铺子的橱窗。

鞋匠　　昨天夜里肯定下雨了！——舒尔茨兄弟看上去闪光发亮的！但愿献歌协会来的时候别下雨！（冲铺子里喊。）汉斯！

汉斯　　（从橱窗内里回答）是，老爷！

鞋匠　　把你的活儿拿过来，坐在窗户边干。我要出去履行一次公民义务！

汉斯　　是，老爷。

鞋匠　　要是你不仔细干活，我就让皮带在你的脊背上跳舞！你小子听见没有！

汉斯　　听见了，老爷。

车匠上场，拿着一杆小旗子。

车匠　　早上好，鞋匠！

鞋匠　　早上好，车匠！

修脚匠拿着一项月桂花冠上场。

修脚匠　　早上好，早上好！咱们要等市长吗？要我说咱们得赶紧，一会儿恐怕会下雨呢。

鞋匠	今天早上我也是这么对自己说的，所以聪明如我就带了护耳帽来！
车匠	按说到现在这个时候，民众应该已经聚在咱们身后成两排站好了！可我却连一只猫都没看见！是鞋匠没把咱们今天要举行追思会的事告诉印刷匠吗？
鞋匠	说了，当然说了！
车匠	先生们，请围在雕像的脚下站成半圆形！——就这样！
修脚匠	我认为，咱们可以先从那段康塔塔开始唱，也许过一会儿民众就来了。
车匠	可我不明白，市长怎么还没到？他过去每年都请咱们喝热格洛格酒呢！①
鞋匠	哎呀，只要咱们开始唱歌，就算他睡过了头也能醒来。——先生们，都找到调了吗？哆、发、嗦、西。②
车匠	那就由我开始唱吧！不过等到三重唱部分可得注意，一定要唱出一种不堪入耳的劲儿！

> （宣叙调独唱）
> 向你致敬，恩人！
> 向你致敬，市长！

---

① 在斯堪的纳维亚地区，最常见的热格洛格酒（Glögg）是加入糖和多种香料熬制的红葡萄酒或烈酒，饮用时会搭配葡萄干、杏仁等干果。热格洛格酒在中文里偶尔也被简称为热红酒。

② 原文为 C，fiss，g，h，是一串不和谐的音名。

在大地的哀伤之谷里一切终将逝去，

唯有你那丰功伟业能化作永恒记忆，

就算历经阴谋嫉妒它也将流传永世。

鞋匠 唱得好，车匠！热格洛格酒还没来？

车匠 接着唱，鞋匠！下面是咏叹调。这一段要处理得激情澎湃才行，你等着瞧吧，市长这回准会醒来的！

鞋匠 （咏叹调）

玫瑰的气息和康乃馨花蕾的芬芳混合着草茉莉的命运！

虚情和假意，

似浪花闪烁，

她向他漫延那发浪连绵；

轻轻诉说了大海那全部的活力。

百合花白百合花红，

隐秘思索生命死亡！

修脚匠 这一段倒是挺招人喜欢，但我认为，它跟今天的主题无关也不合时宜。你从哪儿弄来了这么一段？

鞋匠 是这样，我家铺子里有个小学徒就好那种激情理想派的调调，每逢礼拜日休息，他就鼓弄些这种东西。

车匠 要我说，想弄明白这一段的核心内容实在是难，简直难到叫人摸不着头脑。

鞋匠	你瞧，它之所以好，就好在这一点上！安静，我怎么觉得下雨了！（戴上护耳帽。）
车匠	先生们认为，为了那个老古董，咱们有必要站在这雨里把自己淋湿吗？
鞋匠	咱们可是得了拨款来唱歌的，至少得把那段三重唱唱完再走。再说，只要咱们三个一起开口，恐怕连这雕像也睡不着了呢！至于那篇追思发言嘛，倒是随时都能奉上，况且那么长一篇稿子放在今天念，观众也太少了。——那么，我们来唱三重唱！哆、发、嗦、西。这一段虽然不如刚才的咏叹调那样理想化，但却展示了对特定情况更深入的了解。

雨啪啦啪啦地下起来，风也渐大。

修脚匠	去他的！为了那个老骗子，难不成还要继续站在这儿把自己冻感冒？拨款？一个人才得六马克！这点钱不挣也罢！
车匠	说得对，我同意……
鞋匠	难道当初你们没同意捐钱造这座雕像？难道把他造就成伟人又授予奖章，你们也没有参与？
车匠	咱们那是不得已，不然他们就会拿掉咱们的……
鞋匠	没错。可是不尊重对他的记忆就是忘恩负义，我一个人唱这段三重唱好了！
修脚匠	好，你可以戴着你的护耳帽在这里唱歌，我可要回家吃早饭去了。

修脚匠将花冠扔向雕像的基座，然后把连领的帽兜往头上一蒙，跑着下场。

车匠　　　　这种丢人现眼的事儿，以后我再也不干了。再见！（下场。）

第三场

鞋匠独自一人。

鞋匠　　　我现在就去市长那儿弄他一杯热格洛格酒喝。不过，我还是先要向上面这个老头子致辞，那样能更心安理得些。（对着雕像说）舒尔茨你这老家伙，你以为我们是为你唱歌，为你致辞。难道你不明白，我们这样做是为了我们自己？当别人小瞧我们，我们就需要推出你这样一位大人物；当别人不相信我们的话，我们就需要引用你说过的话；我们的小城需要一座雕像来变成一座大城，你那些没落的穷亲戚们也需要你的雕像才能在这个麻烦的世界里混下去，才能找到事情做。——你瞧，这就是为什么你这狗屁不是的家伙能站在这高于我们的位置上！可怜虫，这回你总算听见真话了，若不是第一次，兴许就是最后一次——（害怕）我刚才的话不会叫别人听见了吧？伟人的亲戚打那边儿来了。

第四场

亲戚上场。

亲戚 早上好鞋匠，您听说了吗，您听说那臭名昭著的蓄意攻击了吗？

鞋匠 怎么了？出了什么事，亲戚先生？

亲戚 城里来了一个改革家！您还没读过他那篇告示吗？

鞋匠 没有，没有！

亲戚 噢，真是罪大恶极！您自己读吧！

鞋匠 我已经气愤得没法自己读了，您读吧！

亲戚 那听好了，听听这个无赖都写了什么："在距今将近四分之一个世纪前，市长舒尔茨曾为我们的社会做出了重大的路面改进，将古老的沙地换成了粗糙的铺路石①。"
您听听！您听听！

鞋匠 我听见了，不过也没什么大问题呀。

---

① 这里说的"铺路石"，指一种经筛选后大小相仿的鹅卵石，表面有粗糙的小颗粒，直径约为 15 公分。

亲戚	没什么大问题？那个无赖有没有直呼"市长舒尔茨"？称呼一个去世的人不能用"市长"，得说"我们的伟人"！再说，他有没有写什么粗糙的铺路石？他难道不是想贬低伟人做过的贡献吗？
鞋匠	不过，这不能叫蓄意攻击，他说铺路石粗糙，铺路石的确粗糙呀！
亲戚	铺路石是粗糙，没错，但就是不许说它粗糙，因为那可是一位伟人铺的！您要当心啊，鞋匠先生，我看您是一棵墙头草！要当心，您很清楚这样下去的后果是什么！
鞋匠	看在上帝的分上，我可不是什么墙头草，我一直在这里，还向舒尔茨兄弟唱了歌。
亲戚	"兄弟"！若他活着的时候与你们是兄弟，就请记住，酒桌上称兄道弟的关系死后可就不作数了！——您愿意承认这是 次蓄意攻击吗？
鞋匠	愿意，我当然愿意！我说过别的话吗？您能证明我说了别的话吗？
亲戚	好！那您就当心着点儿！今天九点钟我们要在这广场上举行市政大会，到时候那个改革家会陈述他的主张。您知道他想干什么吗？
鞋匠	不知道！
亲戚	您能想得到吗，他竟然要用平整的石头把所有的路重新铺一遍！

鞋匠	不过，这倒是个挺好的主意！
亲戚	（笑起来，讥讽。）好主意！的确是个好主意！——咱们来打个比方，单说您干的这一行，如果人们的鞋都不再磨坏了，您这兴隆的鞋店生意往后该怎么维持呢？
鞋匠	什么？您说什么？——原谅我，我的朋友！您是对的！我倒不是考虑我自己这一点儿小营生，我是为那些不幸的工人还有他们贫穷的老婆和孩子着想，他们会因此丢了糊口的面包啊！

汉斯在鞋匠铺子的窗口内，自己做了几个鬼脸。

汉斯	可怜又不幸的工人们啊！
亲戚	看这里！请您看这里！（指着雕像）他生前是那些穷人们的朋友！他一向是个对自己有把握的人。
鞋匠	您可以放心，在这件事情上车匠和修脚匠跟我的态度一致！
亲戚	我能放心吗？
鞋匠	我以生命保证！
亲戚	懂得尊敬伟人的民众幸福万岁！（跑着下场。）

民众开始向广场上汇集。

第五场

民众聚集在广场上。**亲戚**正在跟车匠和修脚匠交谈。

其他角色同上一场。

市政厅的钟敲响了九点的钟声。两名号手和一名鼓手上场，演奏。音乐结束后，**派尔**上场。**铺路匠**走到派尔身边。

派尔　　早上好，先生！您认为，对我来说事态会如何发展？

铺路匠　会很糟！会非常糟糕！

派尔　　难道民众不想要一些改进吗？

铺路匠　问题不在这里，问题在于您攻击了伟人的名誉！

派尔　　我攻击了他？

雨停了。

铺路匠　您称他为"市长"，这个词在本城已经变成了一句脏话。您说他的铺路石"粗糙"，仅用一个词您就说出了大众对那个人的意见，因此您算是毁了！

派尔	这真是个匪夷所思的世界！

铺路匠	这世界就是那么回事，它有它的小毛病，但先生可别试图帮它改变，因为那样的话，大麻烦就会冲着您来了！

派尔	民众明明心存不满，但是，你若要去消除那个导致不满的原因，他们又会朝你背后扔石头！

一个男孩往**派尔**和**铺路匠**的手里各塞了一份传单，然后跑向人群继续发传单。

派尔读传单上的内容。

派尔	噢，太无耻了！竟然给我们画了像！我长了那样一只鼻子吗？

铺路匠	画得还挺像咱们俩！不过，我长了那样一对耳朵吗？

派尔	可是我真的不明白！印刷匠昨天还在支持我的主张，今天就这样侮辱我！

铺路匠	您瞧，那是因为民意！他也跟我说过他喜欢您的主张，但他不敢违抗民意。

派尔	以这种方式为自己认可的事做努力还真是奇怪！那么，对他来说谁又代表了民意呢？

铺路匠	首先是买主们，其次是市长——金钱与权力！

派尔	那他为什么给您也画了像？

铺路匠	因为我支持了您的主张，而我这么做，自然是因为我能在这件事情上赚到钱！不过，他

今天也趁机卖出了五百份这种小诗！

号声和鼓声响起。**市长、**若干**市政官员**和**文书**出现在市政厅拱廊上凸肚窗窗口的位置。

第六场

民众、其他角色同上一场。

市长 我的孩子们，你们应该已经听说我们这座城里来了一个骗子。

民众之一 他不是骗子，他是个改革家。

市长 都是一回事！——不过，你倒是要闭嘴，小子，你可没有投票权！

派尔 市长先生，我请求向尊敬的全体与会民众完整无误地呈现我的提案。

市长 听听，这是什么话！我们都了解他的提案，剩下的只要我们表态就行！长话短说，我应该把这提案人打发进疯人院去。知道吗，我的孩子们，这个人竟然想让所有的人都走上平石头铺的路。既然主将我们创造成了不同的人，那铺路的石头也应该各不相同。还有人要补充吗？

民众之一 这不是真的！上帝创造的人没有不同！

市长 谁允许你在这里喊叫？

民众之一 我们不能投票，至少能喊两声吧？

市长	好，你们喊吧，再喊我就把你们关进大牢里！应该没有人要补充什么了吧。
亲戚	市长先生！作为一个正派的人，我不能眼看有人制造蓄意攻击却坐视不理，我要抗议。
派尔	我反对舒尔茨的亲戚发言！
市长	由于他跟一位伟人的亲属关系，我反而更加重视他的话；这永远是社会里最可靠的保证。——我们对本次铺路的提案予以否决。（敲木槌。）
公鸡	（在鞋匠铺外面的鸡笼里）喔喔喔！
市长	是什么鬼东西在叫？
民众之一	是个有发声权的！
公鸡	喔喔喔！
民众之一	把它抓起来！

笑声，嘈杂声一片。

派尔	市长先生！
市长	那边安静！——现在进入第二项议题！——上述该投机冒险家，对本市已故市长发表的侮辱性言论，亦是对本市政厅的恶意攻击！——让我们来听一听公正的市民们的意见！鞋匠先生认为应该如何处置此人？
鞋匠	我支持市政厅的决定！
市长	做得对！我们会因此将他铭记于心中！——修

脚匠先生有什么看法？

修脚匠　　我同意！

市长　　还有车匠先生？

车匠　　我荣幸地对上一位发言人表示赞同！

民众之一　　有发言权的人什么话都不说！

市长　　那边安静！——基于以上陈述及充分的证据支持，现在就投机冒险家派尔（姓氏不详）恶意言论攻击本市政厅一案做出如下判决：罚案犯在耻辱柱下示众两小时，后逐出本城，以儆效尤。

派尔　　市长先生，没有证据！

市长　　不需要证据！公理与一目了然的定理既不能也不需要被证明！先把他带下去！

　　　　　（**派尔**被带下。）

　　　　　现在进入第三项议题！——近来，本城的狗出于对污秽的本能反应，对已故人类之友汉斯·舒尔茨雕像的基座做出了种种不当表达，鉴于该状况令人遗憾且始料未及，遂申请拨款，用于在雕像基座周围建造铁护栏！向一位功臣表达这样一点微不足道的敬意，应该不会有人反对吧。

有投票权的众人齐声　　不会！

民众之一　　这还是第一次听见有投票权的人说"不"！

市长　　侍卫，把他关进大牢去。那么刚才这项议题的表决结果是同意。

有投票权的众人齐声　　是!

民众之一　　（学绵羊叫）咩!

　　一阵大笑、吵闹。

市长　　　市政大会散会!

　　号声和鼓声响起。此后舞台上安静下来。

亲戚　　　（对鞋匠说）这位市长真是一位雷厉风行的官
　　　　　员呀!

鞋匠　　　他应该进入内阁，那样的话，事关全民的公
　　　　　务就能处理得更快一点!

　　市长、市政官员和**文书**从凸肚窗窗口回到市政厅内。

第七场

民众在广场上围成一圈。**鞋匠、修脚匠、车匠和亲戚**站在一起，**铺路匠**避开了他们。

鞋匠　　（对修脚匠、车匠和亲戚说）先生们，不如去我铺子里坐下来喝一杯啤酒吧。

修脚匠、车匠、亲戚　　那我们谢谢您了！

鞋匠对铺子门里说话；**汉斯**将啤酒端出来。

鞋匠　　亲戚先生，今天早晨您是不乐意来参加您那位伟大亲属的追思会吗？

亲戚　　是的，我冒雨站在外面能做什么？反正你们都在，还有整个协会，是吗？

鞋匠　　整个协会都在！就是我们三个！

亲戚　　你们唱歌了吗？

修脚匠　　唱了，唱了一点儿。

亲戚　　（笑起来）听众多吗？

车匠　　一个人影都没有！

亲戚　　市长呢？

鞋匠　　睡过头了！

亲戚	（又笑）你们读《公鸡晨报》了吗？
所有人	没有！
亲戚	（从口袋里拿出一张传单）你们想听吗？——"《致敬》：今天早晨，由舒尔茨协会为纪念已故功勋市民筹备的年度追思会如期举行。在伟人舒尔茨纪念雕像矗立的广场上，浪潮般的人群将热烈的掌声奉献给了一首首为缅怀逝去伟人所作的致敬歌曲。这些曲目由阵容庞大的合唱团以一如既往的精准技巧和完整表演呈现。今年的纪念致辞比往年准备得更为充分，由令人钦佩的鞋匠朋朋 - 布洛克以浑厚的嗓音朗读。出席本次活动的嘉宾包括市长、逝者亲戚等人。"

所有人大笑。

亲戚	写得好不好？
所有人	噢，真是太好了！这是您写的！
亲戚	你们看看那改革家和铺路匠的画像！真是惟妙惟肖！
鞋匠	不过，把他们画成这个样子多少还是过分了吧！
亲戚	没错，任何一个明白人都不会反对那项提案，可谁让那提案是出自那家伙之手呢？ 　　安静，他从那边来了！

第八场

　　侍卫带**派尔**上场，用耻辱柱上的铁项圈套住了他的脖子。**民众**围上来，对派尔指指点点。**鞋匠和他**的同伴们显得有些尴尬。一个弹奏里拉琴①的艺人和一位**盲人老太太**上场，她拄着一根杆子，上面挂着一幅画。

　　其他角色同上一场。

盲人老太太　（一边唱一边用手指画面。那幅画被分成六块
　　　　　　　　小画面，每个画面配一段歌词。）
　　　　　　　　有一个贫穷的年轻人，
　　　　　　　　一心一意为民众做好事。
　　　　　　　　那边坐着高贵的先生们，
　　　　　　　　他们在广场上喝啤酒。

　　　　　　　　年轻人告诉民众们说：
　　　　　　　　我要为你们铺平坦的路。
　　　　　　　　高贵的先生们在一旁想：
　　　　　　　　这家伙要给我们找麻烦。

　　　　　　　　那边坐着高贵的先生们，

---

　　①　里拉琴是一种拨弦乐器，中世纪后在北欧失传。

他们在广场上喝啤酒。
他们为民众的安乐举杯，
他们为公众的福祉畅饮。

那年轻人站在耻辱柱下，
在那里找到了他的位置。
车匠的鸡笼里公鸡在叫，
就像在大祭司该亚法的宫殿。

那些高贵的先生们，
尊重自己的法律和权威；
他们用雕像和铁栏杆，
去保护那伟大的记忆。

可民众脖子上套着枷锁，
黑夜漫长呀走不到尽头，
等待那公鸡第三次打鸣，
——黎明之前最后的鸡鸣！

　　鞋匠和他的同伴们脸色阴沉，假装没听见；广场上的**民众**听得很投入，有人把硬币投进老太太的钱盒里；**女人们**被感动，时不时抹眼泪。

亲戚　　　　（对鞋匠）您铺子里的生意近来不少吧？

鞋匠　　　　哦，马马虎虎！

盲人老太太　（来到桌子旁）给瞎老太婆赏一个子儿吧！

修脚匠　　　这里不允许乞讨，你不知道吗？

| 民众之一 | 她不是在乞讨，她在请求拨款。 |

民众之一 她不是在乞讨，她在请求拨款。

鞋匠 他胡说八道些什么！

民众之一 舒尔茨协会得了拨款给那边的雕像唱歌，可他们却把钱塞进自己的口袋里不去唱歌！今天早上只有三个人在那儿！

鞋匠 （对同伴们说）这些坏家伙，竟然什么都知道！

盲人老太太 给瞎老太婆赏一个子儿吧！

亲戚 这样胡吼乱唱，还要人给她付钱。

民众之一 她唱得比鞋匠好听多了，我们早上在墙角后面听见鞋匠唱歌了！老太太虽然没唱那些理想浪漫的康乃馨和蔷薇花，但是在恰当的时候，一句真话也会有理想派的调子。

亲戚 这老太婆再不走开，就让她进大牢！

雷声响起，风雨交加。

人群骚动。

鞋匠 哎呀，咱们这儿又下雨了！先生们进我屋里躲一会儿吧。

鞋匠等人从桌边散开。

盲人老太太 难道耻辱柱下的可怜人还得继续站在那里淋雨吗？

亲戚 既然像我亲戚那样伟大的人物都得站在外面，那个家伙也可以在原地站着！

鞋匠　　　　身上浇点凉水，能让那些改革家们好好地冷
　　　　　　静下来！

　　　　　　　　（绊了一下，脚趾撞在石头路面上。）

　　　　　　　　该死的铺路石！

　　　　　　　　（单脚跳着进屋。）

第九场

众人离开，只剩下**派尔**和**盲人老太太**（**丽萨**）。

盲人老太太 （摘掉面具）派尔！你这回真的变成名人了，你的名字被人们口口相传，你的画像也传遍了全城的街道和广场，民众称赞你是一名改革家，这回你满意了吧！

派尔 满意……知道吗，丽萨，我现在当够了改革家——

丽萨 你打算半途而废？

派尔 对，上帝保佑，只要我能安然无恙地离开这儿就行！

丽萨 当初是你要追求荣誉和名声的。

派尔 这些是人人都追求的东西！

丽萨 不是所有人！——再说，你还获得了民众的喝彩！

派尔 民众！他们又没什么可说的！

丽萨 原来你想得到的是那些大人物的喝彩。那你还是站在那儿，为自己感到羞耻吧……你竟然连自己为之奋斗的事业都不相信——

派尔 坦白说，管那铺路石是平坦还是粗糙，我认为人们走什么样的路根本无关紧要……

丽萨 没错，对穿软皮靴走路的人不重要，可对光脚走路的人却很重要！

派尔 再说了，这里的社会根本不值得我费一丁点儿力气——这里的一切都是谎言。公众的，公众的，是，人们张口闭口说的都是这个词！可什么才是公众利益呢？要我看，那不过是个别人利益的勾连。

丽萨 原本应该是为大家好，可现实却不是这样。只有去做改变，它才能变成那样。不过，凭你这样的人的确做不到。

派尔 我想做到，我愿意，可我没有权力呀。

丽萨 那就去争取权力呀，派尔，用行动让我们看看，是不是我错怪了你！

派尔挣脱脖子上的铁项圈，走下耻辱柱。

派尔 你会看到的，丽萨，一旦我有了权力就会做出一番大事业——

丽萨 为什么要做大事？做好事更重要！

派尔 不过，你永远要在我身边！丽萨，森林里的那只鸟唱了什么？

丽萨 下一次我再告诉你！

派尔	不，现在就说！
丽萨	它说，我爱你！
派尔	你不爱我吗，丽萨？
丽萨	爱，等你爱我的时候，我就爱！
派尔	我爱你！
丽萨	不，你不爱；到现在，你还只爱你自己！去吧，派尔，继续你的旅行，去更广阔的世界，去学习！你那些愿望能成真的机会剩下的不多了！但那最大、最危险的愿望还在等着你去实现！权力，是一个弱小的人类能获得的最高奖赏，但如果滥用它就会灾难临头！权力是这世界上最大的罪恶，因为它歪曲了主的形象！
	再见，至高无上的君主！你的王冠在等着你呢！

丽萨消失。

派尔	我的王后！

幕落。

第四幕

一座东方风格的宫殿内

舞台右侧是王位，王位前摆着一张桌子，上面放着王权象征物^①；舞台左侧摆着一张贵妃椅，四周的地板上呈半圆形摆放着靠枕。

---

① 指国王或皇帝在加冕仪式等正式活动上佩戴或携带的、象征王权的器物。在天主教国家，王权象征物一般包括王冠、权杖、十字圣球、圣匙和佩剑等。此处为虚构的阿拉伯宫廷，作者没有对王权象征物做具体说明，但在后续内容里提到了王冠和权杖。

第一场

宫廷内侍官和帝国纹章官。

帝国纹章官横躺在地板上，在一卷纸上写东西。

宫廷内侍官 （上场）这是新任哈里发[①]的宗谱图吗？

帝国纹章官 是的，宫廷内侍官大人！

宫廷内侍官 这宗谱图看上去非常气派！您把谁写成了他的祖先？

帝国纹章官 自然是哈里发奥马尔！

宫廷内侍官 我倒认为哈伦·拉希德会更合适！[②]

帝国纹章官 您说的这位哈里发的确更受欢迎，可是那样一来，我们目前这位仁慈的君主跟古老王室就不会有任何血缘关系了。

宫廷内侍官 所言极是！您能很快完成吗？他随时就到！

帝国纹章官 内侍官大人见过新任哈里发本人了吗？

宫廷内侍官 见过了，他相貌平平，跟众人一样，令他与众不同的不过是他这张宗谱图。

---

① "哈里发"是旧时阿拉伯国家最高政教统治者的称号。

② 此处提到的奥马尔和哈伦·拉希德都是伊斯兰教历史上著名的哈里发。

帝国纹章官　　对，宗谱图！

宫廷内侍官　　（又看了一遍宗谱图）经过您的一番调整，这宗族简直繁盛得惊人啊！

帝国纹章官　　我不得不在这里做一个分支出来，这样不仅使画面看起来更丰满，还能让整个宗族显得气势非凡，这一套总是最唬人的！

宫廷内侍官　　（笑起来）哈里发奥马尔若知道了，会怎么说呢？

第二场

宫廷教长上场。**其他角色**同上一场。

宫廷教长　　真主至大！您一切可好？

宫廷内侍官　真主保佑！我很好，谢谢您。

宫廷教长　　一式两份的弃教声明准备好了吗？

宫廷内侍官　两份都备好了！——若能烦劳您再比对查验一遍，剩下的只要他签字即可。

宫廷教长　　若来得及，再查一遍当然更好！

　　宫廷内侍官从王位前的桌子上取来两份文件，将其中一份交给宫廷教长。

宫廷内侍官　本君奥马尔二十七世，特此郑重声明，放弃罗马天主教信仰，皈依《古兰经》所授伊斯兰教信仰及相关圣训。

　　　　　　　　　　　　　　　　　　日期
　　　　　　　　　　　　　　　　　　奥马尔

　　　　　　　对吗？

宫廷教长　　都对了！

第三场

派尔和维齐尔[①] 上场。**其他角色**同上一场。

帝国纹章官手持宗谱图赶紧从地上站起来。**帝国史官**安静地站在一旁，把他听到的话记在一个本子里。

维齐尔　　恭请陛下过目，这幅宗谱图是由我们的，同时也是整个大帝国[②]的纹章官大人根据陛下繁茂的王室宗族树绘制的。

派尔　　我的宗谱图！——除了我那个在教堂里敲钟的老父亲，我根本不认识其他人。

维齐尔　　（假装没听见）这幅宗谱图的起点是一个伟大又光荣的名字，哈里发奥马尔……

派尔　　哈里发奥马尔？那是个什么家伙？

维齐尔　　（严厉地）不是什么家伙，哈里发奥马尔是一位伟大而光荣的君主……

派尔　　好，就算是吧。可是好先生们，我是清白的婚生子，不是什么人的旁支！

维齐尔　　一位君主没有权力自私，为了臣民的福祉，他

① "维齐尔"用于称呼辅佐哈里发的最高级别大臣，类似于首相。
② 这里暗示派尔即将继位哈里发的国家从属于一个大帝国。

务必得牺牲自己的利益与好恶！

派尔　　　非常好！可是，臣民的福祉难道会要求我做
　　　　　私生子吗？

维齐尔　　是的！

派尔　　　那就拿过来吧！

帝国纹章官把宗谱图和一支笔递给派尔。

派尔　　　一开始说谎，最后就会去偷盗！（签字。）

维齐尔　　还剩下一项手续！烦请陛下签署这份文件！

宫廷教长将退教声明呈上。

派尔　　　这又是什么？

维齐尔　　陛下不必劳神阅读这份文件，仅仅是一道例
　　　　　行事项！

派尔　　　（读文件）放弃我祖先的信仰！这是什么无耻
　　　　　的勾当！

维齐尔　　出于政治考虑，为了臣民的福祉……

派尔　　　我就要变成伊斯兰教徒，连一杯葡萄酒也不
　　　　　能喝？

维齐尔　　一切政治里总会有替代的方式……

派尔　　　那又是什么？

维齐尔　　一些让步、调整……

派尔　　　绕弯子？是吗？

维齐尔	请陛下签署这份文件！
派尔	可我会鄙视自己的！以这样低劣的手段开始，民众理所当然会更加鄙视我！
维齐尔	民众要求君主为臣民福祉牺牲一切个人利益！
派尔	因此这福祉就要建立在谎言和罪恶之上吗？
维齐尔	（走到窗边）陛下！民众在等待他们的君主！他们随时准备着为君主奉献自己的汗与血，因此也要求君主做出自己的牺牲！
派尔	你说的是真的吗？——好吧，把声明拿来吧！（接过文件。犹豫。）那教堂的钟楼，那钟声、歌声、烛光，还有圣诞节，这一刻都在我眼前一闪而过！再也不会有圣诞夜了！生活真残忍！只会提要求，从来也没有回报！
维齐尔	陛下，民众在欢呼！他们想见到身着那古老哈里发礼袍的新君！王冠和权杖正等待着再一次被声名显赫的家族后裔佩戴！
派尔	（看见王冠和权杖）噢！……维齐尔！能命令我放弃信仰的人是谁？
维齐尔	是法律！
派尔	那法律又是谁制定的？
维齐尔	我们的祖先！
派尔	他们跟我们一样，只是卑微的人类！好，那我要改写法律！

维齐尔	哈里发不能改写法律，我们的政体没有赋予哈里发制定法律的权力。
派尔	这个国家实行什么政体？
维齐尔	法典宪制！
派尔	回答我！我究竟是不是哈里发？
维齐尔	在这份文件上签字以后，您就是哈里发！
派尔	那就拿过来吧！

派尔签署文件。

加冕仪式开始，众宫廷侍臣上场，进行舞蹈表演等。

民众	（从外面传来）奥马尔二十七世万岁！安拉！安拉！安拉！
维齐尔	现在恭请陛下登上宝座，行使执政治国之权！
派尔	治理国家应该很有趣吧！来，让民众进来吧！
维齐尔	民众？——民众跟政府治国没有关系！
派尔	可我总得有民可治呀？
维齐尔	颁布书面公文即可！（取出几份文件。）
派尔	那就继续吧！
维齐尔	为避免陛下执政第一天就为繁重国事所累，我们已将所有政务延后，仅保留了一件能速速决断的小事。
派尔	这是什么笨蛋决定，不过现在也没别的办法了！那就说来听听吧！

维齐尔	阿赫迈德·舍伊克叩首祈祷，以求获准转为逊尼派教徒。
派尔	不能允许他这样做吗？[①]
维齐尔	不能，帝国的法律不允许！
派尔	那这就是没有宗教自由！
维齐尔	当然有，信仰纯正的教徒就有。
派尔	可是其他人呢？
维齐尔	这里不允许有人信奉其他教义。
派尔	那我就要给他们宗教自由！
维齐尔	哈里发无权这样做！
派尔	那谁有权？
维齐尔	只有政府！
派尔	谁是政府？

维齐尔和其他人用一根手指挡在嘴巴前。

派尔	这是个秘密？
维齐尔	这是法典宪制的秘密。
派尔	可我刚才不就得到了改变信仰的自由了吗？
维齐尔	那是政治，是另一回事！
派尔	那就愿神保佑所有人远离政治好了！难道要我从拒绝一个合情合理的请求开始执政吗！

---

① 此处略有删节。

维齐尔　　陛下能以维护帝国法律开始执政岂不是再好不过的事……

派尔　　　但我绝不在上面签字!

维齐尔　　大可不必! 政府会签字的! 现在, 内阁会议散会! 恭请陛下脱下加冕礼袍, 回归后宫的私人场合去享受那些小消遣吧! 宫廷内侍官大人, 服侍陛下! (离开。)

　　宫廷内侍官为派尔取下哈里发的王冠和权杖; 带他去贵妃椅上坐下。

第四场

一群舞女和歌女上场，宫廷诗人跟随她们上场。舞蹈表演。

其他角色同上一场。

派尔　　　　这群人是谁?

宫廷内侍官　是宫廷侍臣!

派尔　　　　这些人的裙子为什么这么短! 我不喜欢这样
　　　　　　的着装!

宫廷内侍官　这是本国风俗, 陛下。

派尔　　　　那么, 至少跟政治无关咯!

宫廷内侍官　首席宫廷歌女请求为陛下献上一首浪漫理想
　　　　　　派的歌曲做消遣, 这首歌由著名宫廷诗人贴
　　　　　　穆尔 - 连克所作。

派尔　　　　那就唱吧, 给我解解闷!

宫廷歌女　　*（弹琉特琴, 唱歌。）*
　　　　　　向胡拉伊瑞道别吧, 队伍已待命出发。
　　　　　　但可怜的人啊, 你是否还能道一声再会?

派尔　　　　韵脚在哪里?

宫廷内侍官　这首诗里没有押韵的地方！

派尔　真差！继续吧！

帝国纹章官　（对一旁的**帝国史官**说）他在这儿待不长！

歌女　奴婢今日状态不佳，恕难从命，望陛下原谅。

派尔　宫廷内侍官！法典里有没有一种叫鞭刑的规定？

众人惊慌！

宫廷内侍官　有是有！不过……

派尔　（对宫廷歌女说）那就继续唱吧！

歌女　（唱）白色额头，如云秀发，一排皓齿发光；她步履轻盈如骏马，小心翼翼迈着受伤的蹄子过泥沙。

派尔　泥沙？我不喜欢在诗里提脏的东西。继续！

歌女　（继续唱）酥胸丰腴，纤腰盈盈，凹凸有致，身姿多曼妙，只怕那每一次拥抱都会令她拦腰断掉。

派尔　呃！

歌女　（唱）那幸福的男人啊，（强调）他彬彬有礼又芳香四溢，在她美妙的怀里，分享那温床共度寒冷的时刻。

派尔　够了！作者在哪里？作者！

宫廷诗人　陛下！微臣从未学过那些溢美之词！

派尔　没有吗？那就是个劣等的宫廷诗人！下面由你

本人表演一段，让我们亲耳听听你是否在撒谎！

宫廷诗人　　陛下，微臣虽不能质疑……

派尔　　　　别说些没用的！张口念诗就行！

宫廷诗人　　灵魂迷失掉自己，在捕获了爱的火焰后；
　　　　　　它不得清醒，被那眼眸的魔力迷惑。
　　　　　　而我将对雌鹿们的爱抛下……

派尔　　　　等一下！你刚才说什么？

宫廷诗人　　（恼怒）

　　　　　　而我将对雌鹿们的爱抛下，来赞颂一位君主；
　　　　　　他宽容大度，出身高贵，慷慨仁慈且光明磊落；
　　　　　　征服过世间列强的君主呀，他天下无敌；
　　　　　　信仰坚定的君主呀，他是异教徒望而生畏的灾难！

派尔　　　　（一跃而起）我没听错吧？你是认真的，还是
　　　　　　在说笑？

宫廷内侍官　是认真的，陛下！我怎么会有其他……

派尔　　　　认真的！原来你是在一本正经地赞颂我那些
　　　　　　卑贱的行径。

宫廷诗人　　陛下品德高尚与卑贱行径毫不相干，有如太
　　　　　　阳之于泥洼一般高高在上！

派尔　　　　我了解你和跟你一伙的这些人，你们都是造
　　　　　　假的！我放弃了我的信仰，你却称我为信仰
　　　　　　的守护者；我是一个敲钟人的儿子，你却说
　　　　　　我出身高贵；我执政第一天就拒绝了向我提

出的第一个请求，你依然说我慷慨仁慈！

我了解你们，因为你们这样的人全世界无处不在；你们口口声声说你们为思想而生，你们信仰永恒；但每当新的思想诞生，每当一个关于永恒的问题需要获得决断时，你们却总是躲得无影无踪！可是在丰盛的佳肴面前，在成功和权力之光的照耀下，你们又像臃肿的肉蝇般挤作一团，只等着你们从这里飞走，再去玷污那些不惜为思想和永恒奉献生命的人！

从我眼前滚开吧，骗子！若不是我还能看见你这条命的一点儿用途，我就会下令让你人头落地。可是，有一位可怜的君主，因为"政治考虑"被迫做了太多卑贱的事情，若没有你这样的侍臣无休止地要这位君主的良知沉默，羞耻心就会要了他的性命。

走开！让我一个人待着！

宫廷内侍官　陛下！这可行不通！

派尔　　　　行得通！

众人下场，只剩下**帝国史官**。

第五场

派尔和**帝国史官**。

派尔　　你还等什么？你在干什么？

帝国史官　我在为陛下撰写历史。

派尔　　哦，原来你是宫廷史官！

帝国史官　是帝国——

派尔　　都是一回事。不过，你打算写什么呢？我又
　　　　　没发动过战争！

帝国史官　这正是我想谈的事！陛下需要做的仅仅是召
　　　　　见战争大臣……

派尔　　然后他就会去部署一场战争！那是他的职责！
　　　　　为此他还享有两万块金币的俸禄！

帝国史官　陛下，那是因为双方民众……

派尔　　发动战争的事由那些战争大臣们去干，我们
　　　　　待在家里坐享荣耀就好——不光彩的事我们碰
　　　　　都不碰！

第六场

其他角色同上一场。**维齐尔**上场。

维齐尔　　新娘在恭候陛下！

派尔　　　新娘？是谁？在哪里？这是什么意思！

维齐尔　　是陛下的王后！

派尔　　　丽萨！我犯过那么多错，她却还爱我！——快
　　　　　　带她来我这儿！她会把森林里的新鲜空气带
　　　　　　进这叫人憋闷的大殿！

维齐尔　　请陛下先在这份婚约上签字。

派尔　　　总得签字！不过这一回我不需要看！

　　　　　　　（他在婚约上签字。）

　　　　　　　史官，做记录吧，我这一生的所作所为
　　　　　　里至少有一次不是犯罪！

维齐尔和**帝国史官**下场。

第七场

新娘按照东方国家的习俗戴着面纱，由随从引领上场；随从退下；微弱的音乐从舞台之外传来。

派尔奔向新娘。

派尔   丽萨！丽萨！乌云密布时你总会像阳光一样到来，黑暗时刻里你永远是伸出援手的朋友。

新娘   （掀起面纱）我不叫丽萨！

派尔   这是怎么回事！不是丽萨？竟敢欺君罔上！您到底是谁？

新娘   您的王后！

派尔   我的王后？

新娘   （冷冷地说）政府为您相中了三名备选，维齐尔挑选了我，因为我的父亲曾以一份关税条约要挟过您。

派尔   政府相中的备选，关税协议！这究竟是怎么回事？

新娘   政治要求君主们要为各自臣民的福祉牺牲君主的个人利益！

派尔	政治的要求！那臣民福祉还需要君主存在吗？
新娘	我不知道！……可现在事已至此！您就是我的夫君！请吧，现在请愉快起来，不然您该变得不愉快了……
派尔	您愉快吗？
新娘	没什么愉快不愉快的，我什么都不是！
派尔	您爱我吗？
新娘	不，当然不爱！——您爱我吗？
派尔	不。
新娘	您爱您的丽萨！
派尔	而您爱您的……
新娘	阿里！
派尔	噢，真是悲哀又痛苦！
新娘	您先暂且冷静一下！——只要一小会儿就行，外面的人这就要进来祝福我们！婚礼的欢庆队列正等在外面！安静！他们这就来了！请您站在我的身边！
派尔	又要我去装模作样！
新娘	照我的话做吧，我是个聪明的女人！等他们离开，我就把我的计划向您全盘托出！他们来了！我的夫君，显得高兴点儿吧，不然他们会说，是我令您不愉快了！

派尔　　　哦，父亲啊，我的老父亲。你说的没错！黑
　　　　　就是黑，它永远也变不成白！

　　派尔和**新娘**在贵妃椅上就座，神情温柔。

第八场

众歌女、舞女，宫廷内侍官、帝国纹章官、帝国史官和维齐尔上场。

歌女们　　（唱）

快乐的年轻佳偶，

如今得到了彼此，

玫瑰与夜莺歌唱，

宏伟的宫殿里洋溢着欢乐，

用歌声赞颂这对快乐佳偶，

在这世代哈里发的宫廷里！

派尔和新娘极力掩饰躁动的情绪。

维齐尔　　尊贵的哈里发，如您所见，欢乐的臣民正聚集在您的宝座脚下，他们欣喜地看到，您眼里的喜悦之光像太阳般散发光芒，照耀着那白色的玫瑰——那孜孜不倦地攀向橡树的高大树干以求依靠的白玫瑰；欢乐的民众、年轻的嫔妃们，他们都为您的幸福感到快乐，期盼着您的树干能生发出挂着玫瑰花蕾的新枝，有朝一日会像春雨般将幸福与欢乐洒遍整个国度！

派尔一跃而起，拔剑出鞘。**新娘**试图让他镇静，未果。

派尔　　　遭天谴、下地狱吧！你这谎话连篇的大维齐
　　　　　尔！——你们是我的臣民吗？一群投机的伪装
　　　　　者。这些雇来卖笑的假伴娘是我的臣民吗？难
　　　　　道她们就是向我们交税却只为在提出合理请
　　　　　求时被我们拒绝的臣民？不！我从未见过我
　　　　　的臣民！这个被你们安排在我身边的人，这位
　　　　　年轻的女子，她是我的王后吗？她是那个爱我
　　　　　的人吗？不！她是一头未曾产崽的母牛，被
　　　　　你们放进了我的牲口棚；她是嫁接用的枝子，
　　　　　要来为我的家谱树生发新芽；她是政府相中的
　　　　　备选，要用一纸关税条约来讨好自己的丈夫！
　　　　　你们说我们幸福，无非因为我们必须幸福！但
　　　　　我们却深感不幸。因为我们正站在一次罪行
　　　　　的边缘，然而，我们绝不会去犯这罪行！

　　　　　　我诅咒这宫殿，你是供奉谎言的庙堂；带
　　　　　上那假造的山身凭证，陷进泥沼里去吧！

　　　　　（宗谱图从墙上滑落，在地上缩成一卷。）

　　　　　　裂成碎片吧，王冠与权杖，这暴政的
　　　　　象征。

　　　　　（王冠和权杖摔到地上。）

　　　　　　翻滚下来吧，你这座被不公盘踞的宝座。

　　　　　（王位坍塌。）

　　　　　（雷声隆隆，狂风大作。）

　　　　　　溃散吧，你们这些横在君主与臣民之间
　　　　　贪名逐利的恶棍和荡妇……

109

（众宫廷侍臣散开，消失。）

（对新娘说）你自由了，献祭的羔羊，像
我一样自由了！现在，我要到大自然里，到民
众中去，去看看正直与荣誉是否还活在人间！

新娘消失；**派尔**站着不动，以手掩面直到以下场景变
化完成。

布景变化

海岸上

舞台前景是一片海滩，一艘遇难航船上的货物残片被
海水冲上了海岸，零落四处；舞台左侧有一条被拖上岸的
橡木小船和打鱼用具；一条遇难大船的船身；背景是开阔
的大海，海鸥乘着海浪飞翔；舞台右侧是一片山岩海岸，
山岩上有一片云杉树林，下有一座小木屋。

第九场

派尔　　　我这是在哪儿？我的胸膛里，那呼吸自由了
　　　　　许多。所有的恶念都消失了！我闻见了古老
　　　　　故事里的芬芳。我听见远处溪水流淌的声音，
　　　　　我脚下的土地像床铺一样柔软！啊！这里是
　　　　　海滩！

　　　　　哦，大海！——大海呀母亲，你是大地之母！
　　　　　一颗苍老而干瘪的心向你问候，
　　　　　它已被你那潮湿的海风
　　　　　清扫得干净又凉爽；
　　　　　它在你咸涩的海浪里
　　　　　得到沐浴，缓解了伤痛，
　　　　　那世间谎言与愚蠢带来的伤口。
　　　　　风你吹吧，让洁净的轻风
　　　　　充满我被毒气污染过的胸膛；
　　　　　海浪你唱吧，让我的耳朵
　　　　　在纯洁又和谐的音色里陶醉，
　　　　　当我站在这布满残骸的海岸上，
　　　　　亦是被大海抛上沙滩的一块残片，
　　　　　只因那航船冲上了山崖之巅！

新鲜思想哺育的大海呀我向你问候，

你让灵魂在枯萎的身躯里重获新生。

每当波涛在春天冲破那束缚的时候，

每当海鸥燕鸥乘着浪花嬉戏的时候，

你便唤醒了那生命的活力、勇气与希望！

（他看到了小屋。）

那是什么！一栋住人的小屋！就连在这里我都得不到片刻的安宁吗！这该死的……

一个声音 不许诅咒！

天色暗了下来，潮起浪涌。在以下过程中，潮水一步步将他逼向台口脚灯的位置。

派尔 刚才是谁在说话？

（他想从左侧侧幕跑下，却有一群驼鹿迎面而来。）

野兽要拦我的路！

（他想从右侧跑下，迎面又来了一群公牛。）

这边也是！走开！

（动物们上舞台，逼近他。）

它们要围攻我！救命啊！

（他奔向小屋，敲门。）

这里没人吗？救命呀！救命呀！

（他想跳进大海，海浪里却钻出数条蛇与龙。）

哈，大自然，原来你也是一头野兽，只

112

想吞下你能征服的一切！竟然连你——我最后的朋友——也欺骗了我！……多么恐怖的景象！大海要将我吞噬！——我这条命还有什么价值？来吧，死神，让我解脱吧！

大海渐渐平静下来。

第十场

派尔和**死神**。众野兽消失。

死神　　我来了，愿为您效劳！您想要我做什么？

派尔先是惊恐，随后镇静下来。

派尔　　哦！是嘛！——这里没有任何要紧的事情。

死神　　是您召唤了我！

派尔　　是我召唤了您吗？哦……那只是我们人常常
　　　　随口一说的话而已！我真的不想要您做任
　　　　何事！

死神　　哦，但我想向你要点儿东西！站直了，我大
　　　　镰一挥，眨眼就完事儿！

死神举起了长柄大镰。

派尔　　大人，大人！我不想死！

死神　　这是什么话！你已经绝望了，生活还能带给
　　　　你什么？

派尔　　我也不知道。若能再让我想想，也许——

死神　　哎，你有过大把的时间，现在已经太迟了！
　　　　把背挺直，你就能像一个真正的厌世者那样

倒下！

死神把长柄大镰举得更高了。

派尔   不，不，看在上帝的分上，再等一下——

死神   你真是个可怜虫！那就活下去吧，既然你还有
             所留恋，但别再后悔了！因为我这一去，要
             过很久才会再来！

死神想离开。

派尔   别，别，别，别把我一个人留下……

死神   一个人？你不是有这美好的大自然做伴吗？

派尔   是，大自然的确挺好，但那是在天气怡人、阳
             光照耀的时候，可现在这么晚……

死神   你看你，还是离不开你那些同类！去那边的
             门上敲三下，你就有伴儿了！

死神消失。

第十一场

派尔在小屋的门上敲了三下。智者走出来。

智者　你找谁?

派尔　简明扼要地说,一个人类!我很不快乐!

智者　这么说来,你倒不该寻找人类,他们可帮不
了你!

派尔　我知道,可还是要找;我既不想活着也不想
死去,我受尽了苦难,可我的这颗心却还不
愿意碎。

智者　你太年轻,还不了解人的心!近来,我一直
待在这小屋里,对那些导致人类痛苦的原因
进行了思考。你想不想看那个叫心脏的小东
西长什么样?

（智者走进小屋,取出一只带锁的小盒子
和一盏灯,他把灯挂在树枝上。）

你看那块小小的三角形的肌肉,它如今已
经停止了跳动。曾经,它因为愤怒而咚咚地撞
击过,因为快乐而怦然跳动过,它曾被悲伤拥
抱,也曾充满了希望。你看,它分成了两个

大房间：一间里住着善，另一间里住着恶……
或者换句话说，墙的一侧住着魔鬼，另一侧
住着天使。若他们恰好与彼此为敌……这倒是
屡见不鲜……心脏的主人就得不到安宁，以为
那心就要碎了，但是它不会，因为心壁很厚。
哦，对了，看这里，你看那数以千计被针扎
过的痕迹，虽然没有被扎透，但依然留下了
一针针的疤痕！

智者沉默了。

派尔	告诉我，智者！是谁一直在担负着这颗心？
智者	是那个最不幸的人！
派尔	那个人是谁？
智者	是一个男人……你看那些鞋跟留下的痕迹，还有那些钉子！曾经有一个女人在这颗心上踩了二十六年！
派尔	他竟然没有厌倦？
智者	厌倦！他厌倦了！在一个圣诞夜……他摆脱了那个女人。而作为惩罚，他受到了魔法的诅咒！他死不了，可他的心却被掏空了。
派尔	他永远也摆脱不了那咒语的魔力吗？
智者	当他的儿子找到一个忠诚的女人并将她作为新娘带回家时，那咒语就会被破解！不过，这永远都不可能发生了，因为他的儿子离开了他，一去不复返！

派尔　　　他去哪儿了?

智者　　　他去闯世界了!

派尔　　　那可怜的小伙子，他为什么总也找不到一位
　　　　　新娘呢!

智者　　　因为：只爱自己的人，永远不可能爱其他人!

派尔　　　你说的是我家老头子! 我的父亲! 丽萨!
　　　　　是你!

智者降入舞台地板内。小屋消失。

第十二场

派尔独自一人。天色渐亮。

派尔　　　不见了！——那就是我家老头子！——"只爱
自己的人！"丽萨也是这样说的！可是我恨自
己，我为我犯过的错鄙视我自己——而我爱丽
萨！我爱她，我爱她！

太阳照耀着海面的浪花，也照亮了舞台右侧的云杉树
林。天上的云散了，海面上出现了一只船。在以下场景中，
船逐渐靠近，它到近处时，可以看见丽萨坐在控制船舵的
方向盘边。她向派尔招手后，小船渐行渐远。

派尔　　　天空的海鸥啊，请你们告诉她！太阳的光芒
啊，请带上我的话，用火热的箭给她捎个信！
可是，我该去哪里找你呢？去哪儿呢？

　　　　（船在地平线上出现了片刻。）

　　　　她在那儿！——现在，许愿戒指，满足我
的最后一个愿望吧，把我带到她身边去！

　　　　戒指不见了！噢，糟糕，这又是什么意
思！我的故事结束了？要不然，它也许才刚
刚开始？丽萨，我心灵的至爱呀！

　　　　（他跑上山岩向她挥手。）

假如你听得见，就回答我！假如你看得见我，就做个手势！——哦，她掉头向驶出海湾的方向去了。好吧！既然狂风和大海要把我和我心爱的人分开！我就要为了那至高无上的奖赏向你们挑战！

（他将停在岸上的一只船推进大海。）

呼啸吧海风，翻腾吧海浪，我这脆弱的船底会像一把利剑将你们劈开。冲吧，我的小船！即便会错失目标，我们也要奋战到底，直到沉没！

第五幕

一座木头造的乡村小教堂里，天花板上有绘画装饰。在舞台后方，有一座圣坛和带耶稣受难像的十字架。圣坛左侧有一个宣讲坛；在舞台左侧第一道侧幕的位置有一根立柱，上面有**圣·巴托罗缪斯**像，他手捧着一块皮肤；在舞台右侧相对的位置有另一根立柱，上面有**圣·劳伦缇乌斯**①像，他带着一副烤架；**扫帚**斜靠在圣坛护栏的左侧；**棺架**在圣坛的右侧。舞台右半边摆着两排祈祷用的长凳，左半边形成一条通道，从台口直通向圣坛。舞台最右边是一间忏悔室，左边第一道侧幕处有一扇铁门。

---

① 圣·劳伦缇乌斯是基督教殉道者，公元258年为保护教会财产被罗马皇帝以火刑处死。

第一场

土地精出现在教堂的一扇窗上，**仙子**出现在另一扇窗上。

土地精　　把圣诞米粥吃光的不是那老头儿，是那两只老鼠。

仙子　　　原来你把派尔送去闯世界，不是为了派尔好，只是为了对那老头儿坏！

土地精　　就算咱们这些长生不老的仙子和精灵也会犯错呀！就让咱们为失误做些弥补吧！

仙子　　　假如为时还不算太晚的话！

土地精　　此话怎讲?

仙子　　　派尔已经厌恶人类，无法融入生活里了。

土地精　　这个问题将由丽萨去修复，到时候那老头子的罪过也就一并偿清了！岔子出在哪里，就得在哪里弥补。

仙子　　　我该做的准备已经就绪。

土地精　　在这里?

仙子　　　就在这儿，在这间你我都不得落脚的屋里！

土地精　　　为何不得落脚？——对了，因为这里是神圣的地方，而咱们也不得参与那重修旧好的大结局，只因为——这中间有些事情，就连咱们也不得而知。不过，这倒不妨碍人类会相信咱们也能做点儿好事，而他们这样想就对了，因为凡事都不止一面！——虽然不许我待在这里，但我也不会就此离开，我定要亲眼看到这和解万无一失地完成。因为即便是咱们这些不受上帝保佑的精灵，也懂得为他人的幸福感到快乐！

　　　　　　　那么，待会儿见！

仙子　　　　再见！

　　土地精和**仙子**消失。

第二场

丽萨上场。

丽萨　　　　　那位好仙子向我保证过，她说在这座宁静的小
教堂里，我会见到他！——这一次我要怎样看
待他，他吸取了生活的教训吗？也许，他依然
是那个自私又追求享乐的年轻人，一心只想追
逐那一时的运气。可既然他曾有勇气为成就
一件好事而做了坏事，那至少也证明了他能
为自己之外的事情做出牺牲，而我们人能为一
件事付出的最高代价莫过于那宝贵的自尊了。
那些高高在上的权力要求这样或那样的事情
发生，他们随心所欲、不择手段，任何人都
不能拒绝那任务，哪怕他会因此被毁掉！

　　　　　　我的朋友不是那样的人。这就是为什么，
为什么……安静！我听见脚步声了！是他！
不，我现在还不想见他！我必须整理我的思
绪！要不然，我就藏在这儿……在这间忏悔
室里……

　　　　　　（她躲进了忏悔室。）

第三场

派尔上场。

他跌坐在舞台左边最靠前的一张祈祷用的长凳上。

派尔　　她从我身边逃走了，就像我要逃脱我那些罪恶
　　　　念头一样！孤苦伶仃、众叛亲离，生活于我还
　　　　有什么意义！除了空虚我在生活里一无所获，
　　　　除了这唯一的愿望我已全无所求。如果不是她
　　　　还充满了我的灵魂，那灵魂就只是一个空壳！
　　　　我的生活呀！它成了什么！

棺架踩地板。

派尔　　那是什么？——光天化日里闹鬼！这我倒有兴
　　　　趣看看！

扫帚踩地板。

派尔　　又来了！——我听说，只要从一道门缝里望过
　　　　去就能在大白天见到鬼；不仅如此，据说那样
　　　　还能看见……你自己！自己！若真能那样，要
　　　　避免那些最严重的错误岂不是易如反掌！我
　　　　想试试看！

派尔打开舞台左侧的门，藏到门后。

第四场

派尔的影子踏上宣讲坛。影子拿起金属高脚杯喝水，然后翻转计时沙漏。

派尔自己仍然站在门后，背对观众。

影子　　　　我亲爱的听众们！（**棺架、扫帚、圣·巴托罗缪斯和圣·劳伦缇乌斯**都动了动。）我亲爱的听众们，还有你——站在门背后的派尔：我的宣讲不会长，因为时间已经够晚了，其实我就是想对这个被大家称为"幸运-派尔"的人讲几句话。

　　　　你呀你，派尔，你像个小丑一样在生活里东奔西跑、追逐运气。你所有的愿望（除了一个）都实现了，但它们却没有带给你快乐。你听好了，站在门后面的那个人！你并没有在生活里取得大的进步，因为在这条路上要走得优美才作数。你以为你经历过的那一切其实只是一场场的梦，因为你要相信我，在现实中可没有人能用许愿戒指实现愿望。这里没有不劳而获的东西！你知道劳动是什么吗？不知道！劳动是一件非常辛苦的事，但它本应辛苦，因为那样休息便会更惬意。——劳动

126

吧，派尔，做一个高尚的人！不过也别成为圣徒，因为那样你又会变得傲慢，令我们成为人的不是我们拥有的美德，而是我们犯下的错误！你听好了，站在门后面的派尔！生活并非你在那些少年之梦里见到的样子；生活是一片荒漠，这是真的，但这荒漠上也会有花朵；生活是风暴中的大海，但这大海上也会有避风港，就依偎在那些苍翠的岛屿旁。你听好了派尔，假如你现在想投入生活成为一个男人，那就要认真地生活，但是，若没有女人，你永远不会成为一个真正的男人！快去找她吧！——现在，你听好了派尔，在我请劳伦缇乌斯先生上台讲话之前，我先要将智者那句历久弥新的告诫留给你和你的那些少年之梦：认识你自己！ ①

下面有请圣·劳伦缇乌斯先生讲话！

影子消失。

---

① 引自古希腊语箴言"Gnothi Seauton"，原意是劝人思考人类在伟大的神明面前有多渺小，后来逐渐演变为人应了解自身、认识自己的意思。

127

第五场

除了影子，其他角色同上一场。

圣·劳伦缇乌斯 （展示他的烤架）我就是那带烤架的圣·劳伦缇乌斯，在德西乌斯大帝的命令下，先被连续杖责七日，又被放在这个烤架上以慢火活活烧死。我遭受的苦难无人可比！

圣·巴托罗缪斯 不值一提！我是手持皮肤的圣·巴托罗缪斯，在潘菲利大帝的命令下，被活剥人皮直到膝盖窝儿！还有那些我死后发生的奇迹！也许你没听说过那些神秘的谜语、以女人形现身的魔鬼以及那火山喷发的预兆！

圣·劳伦缇乌斯 不值一提！这怎么能跟我比！我有六项预兆：教堂里的横梁，水晶圣餐杯，修女的尸首……

棺架用两条后腿站了起来。

棺架 噢，若要拿苦难自吹自擂，你们还是适可而止吧。虽然我只是一副棺架，可这五十年来，我也背过许多尸体，目睹过许多痛苦。那么多破碎的希望，那么多悲痛欲绝的思念，那么多饱受折磨的心在默默地受苦、被丢在遗忘的角落，而他们永远也无法获得一座镀金的半身像。你们若见过我所见的一半苦难，现在也会闭嘴！唉，生活多么黑暗，多么黑暗！

扫帚一边踩脚，一边抖动扫帚头。

扫帚　　你这老棺架有什么资格大谈人生，你只见过死亡！生活有一面是黑的，就有一面是白的！今天我只是一把扫帚，可昨天我却笔挺地站在森林里，期望成就一番大事业。你瞧，人人都想成为栋梁之材，可该发生的还是发生了。现在我就这样想：发生的就是最好的；当你无法变得伟大，那就变成别的好了——这世上有很多选择：你当然可以成为有用之才，但最不济，做一个好人也能让人心满意足！当你无法获得两条腿，那也可以开开心心地用一条腿跳着走！

扫帚四处蹦了几下，然后靠在了圣坛的围栏上。

第六场

派尔上前，迅速走向忏悔室旁边的圣水钵，用掸水扫蘸圣水洒向教堂内。

派尔　　　快走开，你们这些鬼怪和邪恶的幽灵！

　　　　　（他把掸水扫放回原处，听见忏悔室里有动静。）

　　　　　有人在里面！尊敬的神父，请听我忏悔，聆听一颗破碎的心的哀叹吧！

丽萨　　　（在忏悔室里伪装成另一个声音说）说吧，我的孩子！

派尔　　　我要怎样做才能摆脱我的那些梦？

丽萨　　　噢，你做梦的时间已经够长，你已经不是少年了！想想你那些失足的经历，不都是你犯过的错吗？

派尔　　　是的，我一直追逐好运，为了赢得荣誉与权力牺牲了尊严与良心！而我现在已无法承受不幸，只会恨我自己！

丽萨　　　那么，你已经不再爱自己胜过一切了吗？

派尔　　　是的，若能做得到，我宁愿把我从自己这里

130

解脱出来。

丽萨　　　那么派尔，你现在也能爱另一个人了！

派尔　　　噢，是的，可我该去哪里找她呢？

丽萨　　　（走出来）这里！

　　两人拥抱在一起。

派尔　　　这一回，你再也不要离开我！

丽萨　　　不会的，派尔！因为我现在相信你真的爱我！

派尔　　　不过，是哪位好仙子送你来与我相遇的？

丽萨　　　你还相信世界上有好仙子！你瞧，当一个小
　　　　　男孩出生在这个世界上，有个小女孩也在某
　　　　　个地方出生了，他们彼此寻觅，直到找到对方；
　　　　　有些时候他们找错了对象就会很糟糕，有些
　　　　　时候他们永远找不到对方，忧伤和痛苦就会
　　　　　纠缠不休。可是一旦他们相遇，快乐就会随
　　　　　之而来，而这正是生活中最大的快乐！

派尔　　　是那失而复得的乐园①！

---

① 瑞典语里"Paradis"一词指乐土、乐园，是上帝在大地上建造的
　快乐的园地，即亚当和夏娃生活过的伊甸园。

第七场

其他角色同上一场，**教堂看门人**（即教堂钟楼里的**老头儿**）拿着一根手杖^①上场。

教堂看门人　教堂要关门了！

丽萨　　　　你瞧，他要把我们从乐园里赶出去。

派尔　　　　这他可做不到！我们要带上那乐园，将它放在风雨飘摇的大海上成为那座苍翠的岛屿。

教堂看门人　（放下手杖）或是那座宁静的避风港，去抵御惊涛骇浪，令海面恢复平静！

派尔和丽萨　父亲！父亲！

　　　　仙子和土地精分别出现在一扇窗上。

幕落。

---

① 教堂看门人使用的手杖，既可以当拐杖用，也可以用来叫醒做礼拜打瞌睡的信徒。

图书在版编目（CIP）数据

幸运派尔的旅行 /（瑞典）奥古斯特·斯特林堡著；张可译.—北京：中国国际广播出版社，2020.12
（北欧文学译丛）
ISBN 978-7-5078-4783-3

Ⅰ.①幸…　Ⅱ.①奥…②张…　Ⅲ.①话剧剧本-瑞典-现代　Ⅳ.①I532.35

中国版本图书馆CIP数据核字（2020）第238827号

幸运派尔的旅行

出 品 人	宇　清
总 策 划	田利平
策　　划	张娟平　凭　林
著　　者	［瑞典］奥古斯特·斯特林堡
译　　者	张　可
责任编辑	笫学婧
校　　对	张　娜
装帧设计	王广福　张　晖

出版发行	中国国际广播出版社 ［010-83139469　010-83139489（传真）］
社　　址	北京市西城区天宁寺前街2号北院A座一层
	邮编：100055
印　　刷	环球东方（北京）印务有限公司

开　　本	880×1230　1/32
字　　数	120千字
印　　张	6.25
版　　次	2021年4月 北京第一版
印　　次	2021年4月 第一次印刷
定　　价	49.00元

图书在版编目（CIP）数据

ISBN 978-7-5078-4783-8

中国版本图书馆 CIP 数据核字（2020）第 232822 号

Simplified Chinese Translation Copyright ©2021 byk hina International Radio Press Co.,Ltd.

出品人　　果麦

出版发行　中国国际广播出版社有限公司　010-83139469　010-83139489（传真）
社　址　北京市西城区天宁寺前街2号北院
邮编：100055
印　刷　　三河市文通印刷包装有限公司

开　本　880×1230　1/32
字　数　150千字
印　张　6.25
版　次　2021年4月第1版
印　次　2021年4月第1次印刷
定　价　49.00元